KB069883

여분의

사랑

박유경 소설

여분의 사랑

다산
책방

차례

● 떠오르는 빛으로

떠오르는 빛으로
미발표작

채아를 재우고 옆에 누워 피드를 보다가 희우 작가가 새 책을 냈다는 걸 알게 되었다. 팔 년 만의 신작이라는 문구에 마지막으로 희우 작가의 소설을 읽은 게 언제였는지 생각했다. 서른 무렵이었고 출간 기념 행사에 찾아가 내 것과 가현이 것, 두 권에 사인을 받았다. 그 책을 가현에게 주지 못해 내 이름과 가현의 이름이 적힌 똑같은 책 두 권이 지금까지 책장에 나란히 꽂혀 있었다. 몇 차례 이사하면서 여러 번 책을 솎아 냈지만 희우 작가의 소설은 그러지 못했다. 사인본 두 권은 이삿짐에 섞여 버려질까 봐 가방에 따로 챙겨 다녔다.

　가현과 어느 다큐멘터리 영화의 GV에 가기도 했다. '소설가와 감독이 함께하는 영화' 정도의 제목을 붙인 행사였는데, 가현이 행사 당일 자리가 생겼다는 연락을 받았다. 퇴

근을 하고 달려가 겨우 영화 시작 전에 도착했다. 가현은 영화관에 오기 전에 여러 군데 서점에 들렀는데 희우 작가의 책이 한 권도 없었다고 영화를 보는 내내 울상이었다. 가족이 좌익과 우익으로 나뉘었던 때의 이야기를 담은 영화였고, 희우 작가는 이야기는 언제나 현재를 얘기해야 하지만 과거와 이어지지 않는 현재는 의미가 없다는 말을 했다.

행사가 끝나자마자 희우 작가 앞으로 사인을 받으려는 줄이 늘어섰다. 나는 어디에라도 사인을 받고 싶어 가방에 들어 있던 책을 내밀었다. 자신의 책이 아닌 표지를 보고 희우 작가가 희미하게 웃었다. 가현은 희우 작가의 얼굴을 쳐다보지 못하고 돌아서 있었다. 나는 희우 작가에게 작가님 책이 전부 다 있는데 갑자기 연락받고 오느라고 책을 못 들고 왔다고 말했다. 희우 작가는 다른 말 없이 이름이? 하고 묻고는 사인을 해주었다. 영화관을 나오자마자 가현이 차라리 사인을 받지 말지 그랬냐고, 작가의 책이 아닌 책에 사인을 받는 건 무례한 일이라고 씩씩거렸다. 나는 가현뿐만 아니라 여러 친구에게 희우 작가의 책을 선물해 왔다. 그걸 잘 아는 가현이 나를 그렇게까지 몰아붙이는 게 이해가 되지 않았다. 그 후로 가현과 연락이 뜸해졌고 내가 어떻게든 관계를 되돌려 보려고 준비했던 게 희우 작가의 사인본이었다.

출판사에서 출간 기념 온라인 북토크 신청을 받고 있었다. 선착순 50명에 한해 독자와의 대화 시간이 있다고 했다. 피드가 올라온 시간을 확인하고 링크를 눌러 참가비를 입금했다. 곧 북토크 신청이 완료되었다는 메시지가 왔다. 아이를 낳고 키우던 지난 일 년 동안 거실에서 안방으로, 주방에서 다시 거실로 집 안에서만 종종거렸다. 앞 동에 가려 창에 바짝 붙어 서야 겨우 하늘을 볼 수 있는 1층 집에서는 날이 흐린지 맑은지도 알아차리기 어려웠다. 아이 뒤를 쫓아다니다 보면 어느새 아이를 재울 시간이었고 아이와 같이 잠들지 않으려고 애를 쓰다가 아침을 맞았다. 계절이 바뀌는 것에 무감해져서, 아름다운 것을 봐도 아름답지 않아서 마음이 가라앉을 때가 많았다. 채아 엄마가 아닌 오롯이 '나'로 살았던 때의 감각이 그리웠고, 희우 작가를 만나면 잠시라도 그때를 느낄 수 있지 않을까 기대가 되었다.

침대에서 일어나 거실 한편 책장에 꽂혀 있는 희우 작가의 책을 찾았다. 불을 켜지 않은 어두컴컴한 거실에서 작가의 첫 소설집 속 사진과 지금의 모습을 비교해 봤다. 이십 년 사이에 작가는 더 마르고 인상이 날카로워져 있었다. 어떤 소설은 상을 받았고 어떤 소설은 초판 1쇄만을 찍은 듯했다. 나는 문득 희우 작가가 사인본에 어떤 말을 써주었는지 궁금해 『떠오르는 빛으로』를 펼쳤다. '좋은 비는 때를 알고 내리고'라는 말 뒤에 '2014년 가을, 희우 드림'이라고 쓰여 있었다. 가현의 이름으로 사인을 받은 책에도 똑같이 적혀 있었다. GV에서 사인을 받았던 책을 찾았다. 사인을 받았다고 기억하고 있던 책에는 사인이 없었다. 한 권씩 꺼내 보다 책장에 있는 백여 권의 책을 모두 꺼냈다. 어떤 책에도 사인이 없었다. 아이의 그림책과 장난감이 어지럽게 쌓여 있는 수납장을 뒤졌다. 그때의 사인본이 어디에도 없다는 것을 믿을 수 없었다. 어떤 책이었는지조차 기억나지 않았다. 내 이름이 적힌 희우 작가의 사인본이 중고 서점으로 갔을 것을 떠올리자 아찔해졌다. 가현은 내가 희우 작가의 사인본을 무심코 버리고 말 무신경한 사람이라고 말했다. 하민의 기일을 잊어버렸을 때도, 어버이날에 하민이 부모님 찾아가는 일을 그만하자고 얘기했을 때도 비슷한 말을 했다. 너는 어쩌면 그렇게 빨리 너만을 위할 수 있느냐고, 속이 편해서 좋겠다는 가현의 비난이 그렇기도 하고 그렇지 않기도 해서 오래도록 서운했다.

가현과 나는 대학교 4학년 때 해외봉사단 단원으로 만났다. 비정부기구에서 주관하는 단기 파견이었고, 봉사단이 되기 위해 꽤 열심히 서류를 준비했다. 남자 열다섯 명 중에 하민이 있었고, 여자 열다섯 명 중에 나와 가현이 있었다. 인도의 카르나타카주에 있는 작은 마을에 가서 잡목을 치우고, 놀이터를 만들고, 학교에 가서 아이들과 놀고, 또 태권도 공연을 했다. 하민이 통기타를 치면서 노래를 부르면 동네 아이들은 신이 나서 하민을 따라다녔다. 나흘의 일정 중 셋째 날, 공터에 널린 잡동사니를 치우다가 하민의 다리에 상처가 났다. 하민은 대수롭지 않게 약을 바르고 계속해서 놀이터 만드는 것을 도왔다. 공터에 그네를 세우고 시소를 설치했다. 마지막으로 미끄럼틀이 놓였다. 봉사단은 놀이터 앞에서 단체 사진을 찍었다.

다음 날, 새끼손톱만 했던 하민의 다리 상처가 커다란 혹처럼 부풀어 올랐다. 마을 행사에 참가한 뒤 한국으로 돌아가는 일정이었다. 병원은 차로 서너 시간을 가야 할 만큼 멀었다. 하민은 출국 일정을 조정하느니 한국의 병원에 가겠다고 했다. 돌아오는 비행기 안에서 열이 오른 하민이 끙끙 앓았다. 환승 세관에 누군가 면세점에서 산 양주가 걸리자 봉사단 모두가 여러 병의 술을 낄낄거리며 나눠 마셨다. 하민은 취해서 자야겠다고 밸런타인 17년산을 병째로 마셨다.

하민이 대학병원에 입원했다는 소식을 들었을 때에도 나는 하민이 위중하다는 말을 믿지 못했다. 파상풍인데 치료가 잘되지 않는다고 했다. 가현과 나는 하민의 장례식장에서 다시 만났다. 봉사단 대부분은 연락하지 않는 사이가 되었지만 몇몇은 하민의 기일마다 꾸준히 납골당에 갔다. 하민과 알았던 기간은 총 열흘이 되지 않았다. 봉사단 출발 전 모임 네 번과 봉사단의 5박 6일 여정이 전부였다. 그럼에도 가현은 매번 연락을 돌려 사람을 모으고, 우리가 하민을 기억해야 한다고 일깨웠다.

나는 하민과 단 둘이 대화를 나눠본 기억이 없었다. 출발 전부터 같은 조였던 가현이 인도에서 배앓이하는 나를 계속 챙겨줬기에, 봉사단에서 친해졌다고 말할 수 있는 사람이 오직 가현 하나였기에 가현이 하자는 대로 따랐다. 조장을 맡아 봉사단의 대부분 사람과 두루 친한 아이도 있었지만, 가현도 나처럼 소수의 몇몇과 조용히 이야기를 나누는 편이었다. 하민은 주로 남자아이들과 무리 지어 다녔다. 언젠가 가현에게 하민이랑 친했냐고 물어보자, 가현이 우리가 함께 겪은 불행에 친하고 친하지 않고는 중요하지 않다고 대답해서 더는 묻지 못했다.

나는 졸업 후 출판사 교양서 분야에서 일했고, 가현은 기업의 인사팀에서 일하다가 인적자원개발 대학원 석사 과정에 들어갔다. 하민의 납골당에 가는 인원은 해마다 줄어들었다. 내가 마지막으로 하민의 납골당에 갔던 해에는 가현과 단둘이서만 갔다. 읽고 있던 책이 희우 작가의 소설이라 납골당에서 소설 이야기를 꺼냈다가 가현과 서점에 가게 되었다. 빅토르 위고를 좋아해서 『레 미제라블』 다섯 권을 전부 읽었다는 말을 듣고 나자 습작을 하고 있다는 사실을 가현에게 털어놓지 않을 수 없었다. 가현은 내가 쓰고 있는 말도 안 되는 이야기가 좋다고 말해주었다. 문학잡지 코너를 보다가 여행서 코너에 다다랐을 때 가현이 타이베이 여행서를 집어 들었다. 타이베이 정도는 주말 껴서 갔다 올 수 있지 않겠느냐고 해서 맞아, 그렇지, 하고 그 자리에서 비행기표를 검색했다. 스물아홉 살 여름, 가현과 타이베이에 다녀왔다.

2박 3일의 여행 기간 동안 홍등 거리로 유명한 지우펀과 영화 「말할 수 없는 비밀」의 촬영지 단수이에 갔다. 둘 다 타이베이에 속하지 않는 지역이어서 타이베이에서는 오고 가며 잠만 잤다. 가현은 서울 여행 가서 송도랑 수원 돌아다니는 거랑 뭐가 다르냐고, 우리는 어디에서 와서 어디로 가는 거냐고, 사는 게 이상하지 않느냐고 말했다.

지우펀의 깜깜한 산길에서 길을 잃어버렸을 때도 겁에 질려 긴장한 나와 달리 가현은 예상치 못한 상황이 재미있다는 듯 실없이 웃었다. 지우펀에서 가장 아름다운 길이라는 수치루를 찾고 있었는데, 가게마다 붉은 등을 달고 있어

굽이굽이 이어진 좁은 골목이 전부 수치루 같아 보였다. 골목을 가득 채우던 사람들이 새로운 골목이 나타날 때마다 조금씩 사라져 버렸고, 어느 순간 우리는 불빛이 뜸한 갈래 길에 서 있었다. 해가 지겠다 싶더니 순식간에 사방이 깜깜해졌다. 지우펀 관광 지도를 가로등 불빛에 비춰 보는 내게 가현이 말했다.

"옛날에 이 산속에 아홉 가구만 살았대. 아홉 집에서 하나가 내려가 물건을 사 오면 아홉이 똑같이 나눠 가졌다고 해서 지우펀이래."

"여기서 수치루를 찾아가는 것만큼 이상적인 얘기네. 그냥 가지 말까?"

"지우펀에서 금광이 발견된 다음부터 사람들이 몰려들기 시작했어. 일본의 지배를 받던 때를 거쳐 금이 하나도 남지 않게 된 1970년대까지 팔십 년 동안 금을 캤대. 오랫동안 들쑤셔 놓은 금광은 어디에 있든 언제라도 무너질 수 있었지. 광부들은 오늘이 있다고 내일이 있을지는 아무도 모른다는 말을 했대. 아름다운 붉은 등을 단 온갖 가게들이 내일은 모르겠고 오늘은 두려운 사람들을 위해 생긴 거라고 생각해 봐. 다정하게 느껴지지 않아?"

"알았어, 여기까지 왔는데 가야지. 다시 내려가 보자."

가현은 봄 나무에 돋은 연녹색 새잎이 다정하다든지, 버블티가 달콤한 게 다정하다든지 등 온갖 것에서 다정한 면을 찾아내곤 했다. 왜 그렇게 다정한 것을 찾아다니느냐고 묻자 지구는 뜨거워진다는데 사람들은 자꾸 더 차가워지니까 그런다고 말했다. 나는 가현이 무언가 다정하다고 감탄하면 뭐라 대꾸해야 할지 몰라 다른 말을 하고 말았다. 여느 때와 같은 무심한 대꾸였는데 가현이 나를 빤히 쳐다보았다. 왜 그러느냐고 묻자 너는 괜찮은 거냐고 되물었다.

남자친구와 헤어졌고 회사에선 편집장과 사사건건 부딪쳤다. 남자친구는 1주년을 앞두고 연락이 뜸하더니 갑자기 연락이 되지 않았다. 회사 앞으로 찾아갔다가 연락 없으면 끝난 거지 그걸 왜 모르냐고 말하는 상대 앞에서 말문이 막혔다. 헤어지자는 말이 없었는데 이별인 걸 어떻게 아느냐고 했더니 꼭 말로 해야 아느냐고, 그래서 헤어지는 거라고 했다. 상대에 대한 배려가 없는 일방적인 이별을 납득할 수 없어서 화가 나는 날이 많았다. 내가 아무것도 아니라고 고개를 젓자 가현은 어쩐지 슬픈 표정을 지었다. 누구에게도 하기 싫은 이야기가 있는데 그걸 굳이 들춰보려는 가현이 거북해 앞장서서 산길을 내려왔다.

어스름한 산길을 굽이굽이 따라가다 좁은 길로 들어섰다. 길 양쪽으로 붉은 등을 가득 단 찻집이 불을 환하게 밝히고 있었다. 여기가 수치루라는 걸 바로 알 수 있었다. 수치루는 말 그대로 갑자기 나타났는데, 이처럼 화려하고 밝은 곳이 어둡고 음습한 산길 옆에 있었다는 게 믿기지 않았다. 서너 명이 겨우 설 수 있을 만한 좁은 길이 사람들로 북적거렸다. 아름다운 것을 마주한 사람들의 들뜬 분위기가 예상치 못하게 다정해서 사진을 찍는 사람들 틈에 한참 서 있었다.

단수이는 타이베이 시내에서 지하철을 타고 갔다. 영화 「말할 수 없는 비밀」의 내용이 잘 기억나지 않아 가현에게 "영화에서 여자 주인공이 죽었던가?" 물었더니 "다른 시간에서 살고 있지" 하고 쓸쓸하게 말했다. 노점에서 오징어 튀김과 대왕카스테라, 맥주를 샀다. 물가를 따라 난간이 설치되어 있었다. 사람들이 계단이나 벤치에 앉아 바다로 흘러가는 강물을 바라보며 무언가를 먹고 있었다. 사람들 사이에 앉아 해가 지길 기다렸다. 뜻을 알 수 없는 언어 가운데에서 가현과 대화를 나누니 서로에게 특별한 사람이 된 것만 같았다.

"여기에서는 우리가 무슨 말을 하든 우리만 알아들을 수 있어. 비밀 하나씩 말해볼까?"

내가 장난스럽게 말했다. 비밀은 무슨 비밀이냐고 할 줄 알았던 가현이 하민의 이야기를 꺼냈다.

"나는 이걸 영원히 말할 수 없을 줄 알았어. 말해버리면 하민이 사라져 버릴까 봐 무서웠거든. 인도에 도착하고 둘째 날 기억나? 해는 뜨겁고, 음식은 입에 맞지 않고, 놀이터는 만들어야 하고. 다들 공터를 치우고 파헤치느라 녹초가 되어서 숙소로 돌아왔잖아. 다음 날 일정 얘기하다가 게임하고 술 마셨지."

"기억나. 그때 한 잔 마시고 힘들어서 들어가서 잤어."

"맞아, 다들 방에 들어가고 대여섯 명만 남아 있었거든. 술 깨려고 옥상에 올라갔어. 근처에 불빛이 하나도 없어서 무서웠는데 별이 쏟아질 듯 많았어. 어두우니까 빛이 더 잘 보이는 게 신기했지. 하민이가 날 찾아 옥상으로 왔어. 엄마가 고등학교 때 암으로 돌아가셨어. 고등학교 땐 오히려 괜찮았어. 왜인지 모르겠지만 나이가 들수록 엄마가 없다는 걸 견디기 힘든 순간이 더 많아졌어. 그때가 절정이었던 것 같아. 내가 하민이한테 벌써 엄마에 대해 기억나지 않는 게 너무 많다고, 이렇게 엄마를 잊게 되는 게 무섭다고 했어. 그랬더니 하민이가 기억하지 못한다고 없던 일이 되는 건 아니라고 하는 거야. 미야자키 하야오의 「센과 치히로의 행방불명」에 이 말이 나온대."

나는 생각지 못한 얘기에 오징어 씹기를 멈추고 코를 훌쩍거렸다. 가현이 말을 이어나갔다.

"사랑과 위로는 우연히 찾아온대. 둘 다 동시에 오면 운명이라고."

"너 하민이를⋯⋯."

내가 말을 끝맺지 못하자 가현이 먼바다를 바라보았다.

"하민이 때문에 다른 사람 안 만나는 거야?"

가현이 말했다.

"때문에 아니고 덕분에."

가현이 울 것 같은 표정으로 웃었다.

"하민이가 다정한 걸 찾으라고 했어. 그럼 좀 낫다고. 바닥까지 내려갔을 땐 그래야 살 수 있다고."

동네 꼬마 아이를 어깨에 태우고 환하게 웃던 하민의 모습이 떠올랐다. 불어오는 바람에 머리카락이 흩날렸다. 왜 그랬는지 지금도 잘 모르겠지만 그때 이야기를 지어내 말했다.

"공터에 큰 나무가 하나 있었잖아. 수령이 몇백 년이라고 나무가 다치지 않게 조심하라고 했지. 그 나무 옆에 있는 돌을 치운다고 주저앉아 낑낑거릴 때 하민이가 바람에 흩날리는 네 머리카락을 치워주는 걸 봤어. 아주 잠깐이었지만 그때 찬란한 빛이 너랑 하민이 얼굴에 동시에 머물렀어. 시공간을 초월해 너랑 하민이 둘만 거기에 있는 것 같았는데⋯⋯. 나무는 그 자리에 그대로 있겠지?"

가현이 자신은 알지 못했던 그때를 떠올리려는 듯 내 손을 잡았다. 나는 헤어지자는 말 없이 연락을 끊은 남자친구를 찾아갔었다는 이야기를 했다. 심한 말을 듣고도 좋아하는 마음을 떨치지 못하는 내가 싫어서 견디기 힘들었다고 하자, 가현은 네가 다정한 사람이라서 그렇다고 했다. 노을이 하늘에서 물 위로 번져나갔다. 산속에서와 달리 물가에서는 여름 해의 기운이 오래도록 사람들 사이에 머물렀다. 찬란하게 퍼져나가는 빛이 그 빛을 쬐고 있는 모두를 달뜨게 하는 것 같았다. 가로등 불빛이 켜지고 주위가 깜깜해진 뒤에도 우리는 그 자리에 남아 서로의 얘기에 귀를 기울였다. 그토록 깊이 서로의 속을 들여다보며 얘기를 나눈 경험은 가현이 전에도, 이후에도 없었다.

타이베이 공항 면세점에서 나무로 만든 오르골을 사 왔다. 오랫동안 상자에 넣어 찬장에 보관했다. 아이가 낮잠을 자는 틈에 냉장고 위 수납장에서 상자를 꺼냈다. 상자에 먼지가 뽀얗게 내려앉아 있었다. 작은 바둑판 모양의 오르골 가운데에 창문 두 개와 문 한 개가 달린 작은 집이 있었다. 그 옆에 물결치듯 세 겹으로 된 아리산이 있고, 기찻길 위에 세 량짜리 작은 나무 기차가 서 있었다. 태엽을 감자 「파헬벨 카논」을 연주한 오르골 음악이 흘러나오며 기차가 판위를 돌기 시작했다. 아무 연결 없이 자기력으로 움직이는 기차를 계속 보고 싶어서 노래가 끝기기 전에 태엽을 감았다. 기차는 아리산 아래의 터널을 통과해 나왔다.

가현도 오르골을 샀는지 기억나지 않았다. 일 년에 한두 번 연락을 주고받다가 내가 결혼을 한다고 전화하자 해외에 있다고, 한국에 가면 만나자고 했다. 전화를 받고 있는 주변이 소란스러워 말소리가 잘 들리지 않았다. 어디에 있느냐고 했더니 들으면 놀랄걸? 하고 장난스럽게 답했다. 내가 잘 알아듣지 못하자 인도에 있다고, 인도! 하고 목소리를 높였다. 그러곤 전화가 뚝 끊겼다. 바빠서 이따가 연락할게, 문자를 보내오고 나선 그 후로 전화를 받지 않았다. 그게 벌써 육 년 전이었다.

남편에게 북토크가 있는 날 일찍 들어오라고 몇 번을 당부했다. 처음에는 흘려듣다가 여러 차례 얘기하자 작가 이름이 뭐냐고 묻더니 책장에서 희우 작가의 사인본을 꺼내들었다. 내가 그 책은 안 된다고 말하자 두 권이나 있는데? 하고 의아해했다. 희우 작가의 데뷔작인 『들길』을 꺼내주자 너무 오래된 책 아니냐고 툴툴거렸다. 남편이 요즘 글 좀 쓰냐고 해서 글은 무슨, 하고 웃고 말았다.

북토크 당일, 아이 저녁을 차려놓고 북토크 시간보다 30분 일찍 카페로 갔다. 샌드위치와 커피를 시키고 나자 문자로 미팅 접속 링크가 왔다. 접속을 클릭하는 손에 땀이 차서 얼굴이 상기되어 있지는 않은지 휴대전화 카메라에 비춰 보았다. 머리카락이 한 차례 빠지고 나서 자라난 짧은 앞머리는 손질을 해도 가라앉지 않았다. '미팅이 시작되겠습니다' 문구가 뜨더니 노트북 화면에 북토크 참석자들의 얼굴이 떴다. 화면을 까맣게 꺼둔 사람들도 있었다. 희우 작가는 편집자로 보이는 젊은 여자 옆에 나란히 앉아 있었다. 카메라가 진열되어 있는 신간을 비추자 참석자들이 희우 작가의 신간을 인증하듯 내밀어 보였다. 나는 멀뚱하게 화면만 보고 있었다. 가현이 생각을 하다가 뒤늦게 책을 준비해야 한다는 걸 떠올렸다. 인터넷 서점으로 주문한 책이 이틀이 되어도 오지 않았다. 어떤 사람이 화면에 대고 "책 주문했는데 아직 못 받았어요!" 하고 말했다. 나는 작은 목소리로 "저도요" 하고 중얼거렸다.

희우 작가는 편집자와 근황에 대한 이야기를 먼저 나누었다. 편집자가 희우 작가에게 물었다.

"작가님 원고 받고 정말 기뻤어요. 많이들 궁금해하실 그 질문을 드릴까 해요. 팔 년 만의 신작이라는 마케팅 문구가 부담스럽다고 말씀하시기도 했는데, 그동안 어떻게 지내셨는지요?"

희우 작가가 긴장한 듯 말을 골랐다.

"모든 죽음은 사회적 죽음이라고 자주 말했습니다. 우리 사회가 제 역할을 하지 못해 지키지 못한 생명이 너무 많으니까요. 엄마가 팔 년 전에 세상을 떠나셨습니다. 실제로 겪게 되니 제가 했던 모든 말이 부끄러웠습니다. 저는 사랑하는 이를 상실한 사람의 슬픔을 전혀 헤아리지 못하고 있었습니다. 제가 쓴 소설들이 전부 오만에 찬 헛소리처럼 느껴졌습니다. 이야기를 짓는 행위는 읽는 이의 마음을 움직이고 싶다는 희망에서 출발합니다. 저한테 내일이 없고 희망이 없으니 소설을 쓸 수 없었습니다."

나는 희우 작가가 개인적인 얘기를 하는 걸 인터뷰에서도, 또 여러 행사에서도 본 적이 없었다. 볼륨을 높이고 이어폰을 다시 꼈다. 희우 작가가 담담한 표정으로 말을 이어 나갔다.

"중고 서점에 제 책이 나오면 샀습니다. 계약 기간이 끝난 소설은 절판을 요청했습니다. 더는 소설을 쓰지 않을 생각이었지요. 이 년 전 여름에 출판사에서 제 앞으로 우편물이 온 게 있으니 보내주겠다고 했습니다."

옆에 있던 편집자가 웃으며 거들었다.

"제가 보내드렸습니다."

"맞아요. 여기 김선유 편집자님께서 작가 개인 우편물이라 출판사에서 보관하기 어렵다고 하셨어요. 택배 상자를

24

열었더니 출판사에서 펴낸 신간이 먼저 나왔습니다. 기회가 닿으면 같이 일해보고 싶다는 메모가 들어 있었지요. 고맙기도 하고 씁쓸하기도 했어요. 상자 맨 밑에 보내는 사람 없이 출판사 앞으로 발송된 작은 서류 봉투가 있었습니다."

희우 작가는 앞에 놓여 있던 서류 봉투와 책을 들어 보였다. 나는 많이 본 듯한 표지에 코를 박을 정도로 가까이에서 노트북 화면을 들여다봤다. 희우 작가가 들고 있는 책은 편집장과 싸우고 고집을 부려 출간했지만 재쇄를 찍지 못하고 절판된 『우리는 왜 우주에 가야 하는가?』였다. 편집장은 인류가 우주에 간 게 오십 년이 넘었는데 누가 이런 책을 새롭게 여기겠느냐고 했다. 『우리는 왜 우주에 가야 하는가?』는 우주에 다녀온 3인의 인터뷰집이었다. 단수이의 석양을 보며 나는 왜 이 책을 내야만 하는지 가현에게 이야기했다.

아폴로 11호를 타고 달로 간 마이클 콜린스는 닐 암스트롱, 버즈 올드린과 같이 달에 착륙하지 않고 혼자 사령선에 남아 달의 궤도를 돈다. 마이클 콜린스는 사령선이 달의 뒷면으로 들어가자 지구와의 신호가 끊긴 상태에서 달의 뒷면을 바라보며 메모를 남긴다.

'이곳을 아는 존재는 오직 신과 나뿐이다. 온전히 홀로

있는 이 순간이 두렵지도 외롭지도 않다.'

내가 가현에게 누군가는 달에 국기를 꽂을 때, 또 누군가는 달의 뒷면을 보고 있었다는 게 인간이라는 존재의 가능성인 것 같지 않아? 넌 어떻게 생각해? 문자 가현은 인간은 어떻게든 의미를 부여하고 제멋대로 좋은 쪽으로 해석해버리는 존재지, 하고 말했다. 가현은 또 달의 뒷면을 보고 있는 사람이란 어쩐지 슬프다고 말했는데 왜 그런 말을 했는지는 생각나지 않았다. 희우 작가가 말했다.

"책을 펼쳤더니 이렇게 제 사인이 있었어요. 이시현 님, 여기 계신가요?"

갑작스러운 호명에 놀라 화면을 껐다. 희우 작가는 노트북 화면에 뜬 사람들을 찬찬히 둘러보고 이야기했다.

"제 이름이 없었다면 읽지 않았을 텐데, 왜 이런 책에 사인이 있을까 하고 읽게 되었습니다. 마이클 콜린스가 달의 뒷면을 목격한 이야기를 하는데, 그 부분에서 완전히 무너졌어요. 마이클 콜린스는 달의 뒷면을 목격한 유일한 사람입니다. 달의 앞면과 달리 뒷면은 상처투성이예요. 외계의 천체와 부딪친 크레이터가 무수히 많습니다. 지구에 사는 지구인이 오로지 달의 앞면밖에 볼 수 없는 것처럼 개개인이 받은 상처는 고유해서 누구도 그 상처의 깊이를 이해할 수 없습니다. 마이클 콜린스가 말한 달의 뒷면은 마이클 콜린스 외에 누구도 본 적 없어요. 같은 시간, 같은 장소에서 같은 것을 마주해도 사람들은 모두 다른 것을 보니까요. 불가능을 가능으로 만드는 유일한 방법은 무엇을 보았는지 말하는 것에서 시작된다는 생각을 하게 되었습니다. 오직 말만이 그 일을 할 수 있지요. 이 책을 제게 보낸 사람은 그걸 아는 분이었던 것 같습니다. 그 부분을 읽어보라고 표시를 해두었으니까요. 이해의 가능성은 우연에서 생기는 것 같습니다. 인간의 의지는 우연을 뛰어넘을 만큼 대단하지 않아요. 거듭해 읽다 보니 다시 이야기를 써야겠다는 마음이 들었어요."

　희우 작가의 말이 끝나자 사람들이 박수를 쳤다. 희우 작가는 오래전 GV에서 책의 표지를 들춰 보았을 때처럼 희미하게 미소를 지었다. 나는 도대체 저 책이 어떻게 희우 작가에게 가게 되었는지 기억해 내려 애썼다. 내가 출판사로 책을 보내지 않은 건 분명했다. 다른 책들을 정리하며 중고 서점에 팔았는데, 그걸 누군가 사서 희우 작가에게 보내는 게 가능할까 생각하다 가현을 떠올렸다. 그 책에 희우 작가의 사인이 있다는 건 가현밖에 몰랐다. 나는 인터넷 중고 서점의 책팔기 목록으로 들어가 『우리는 왜 우주에 가야 하는가?』가 있는지 찾았다. 이 년 전 봄의 판매 목록에 기록이 남아 있었다. 이사를 앞두고 책을 정리하던 시기였다.

나는 미팅 화면에 뜬 참석자들의 얼굴을 다시 찬찬히 살펴보았다. 그중에 가현은 없었다. 카메라를 켜두지 않은 화면이 8개였다. 희우 작가가 신간에 대해 말하는 내용은 귀에 잘 들어오지 않았다. 까맣게 표시된 화면 뒤의 얼굴이 궁금했다.

가현은 봉사단 첫 모임에서 내 이름표를 보자마자 너는 무슨 현 자를 쓰느냐고 물었다. 내가 밝을 현 자를 쓴다고 하자 가현이 같은 한자를 쓴다고 반가워했다. 어질 현 자를 쓰는 애들과는 이상하게 사이가 틀어지고 마는데 밝은 현 자를 쓰는 애들이랑은 친하게 지내게 된다고, 성명학적으로는 우리 운명의 절반이 같을 테니 잘 지내보자고 말했다. 그 후로 현아, 현진, 주현, 아현 등 이름에 현 자가 들어가는 사람을 만나면 무슨 한자를 쓰냐고 묻게 되었다. 같은 한자를 쓴다는 걸 알게 되면 우리 운명의 한 지점이 겹쳐서 만나게 되었다는 생각에 그게 누구든 함부로 대할 수 없었다. 그러나 정작 내게 '밝은 현'의 마법을 건 가현에게 연락이 왔을 때는 우리의 이름처럼 밝게 맞아주지 못했다.

결혼을 하고 다니던 출판사를 그만뒀다. 프리랜서 편집자로 일하며 아이를 가지려고 노력했다. 몸이 따뜻해진다는 차를 마시고, 경주의 유명한 한의원에서 약을 지어 먹어도 아이가 생기지 않았다. 시험관 시술로 착상이 되었던 아이를 잃고 나자 왜 나한테만 아이가 찾아오지 않는지 답답했다. 누구를 원망해야 할지 몰라 주변의 모두를 원망했다. 누구도 만나지 않고 어두운 방 안에 하루 종일 누워 있을 때 가현에게 전화가 왔다. 한국에 왔다고, 만나자고 말하는 가현이 전혀 반갑지 않았다. 몸이 안 좋다고 했더니 많이 안 좋은 거냐고 물었고, 그런 건 아니라고 했더니 그럼 네가 사는 동네로 갈 테니 잠깐 얼굴이라도 보자고 했다. 결혼한 지 사 년이 다 되어가는데 결혼 선물을 준다는 게 탐탁지 않았다. 축하에는 때가 있는 거라고 사납게 말하고는 내가 가장 두려워하는 그 질문, "애는?"이 가현의 입에서 튀어나오기 전에 서둘러 전화를 끊었다.

　가현은 며칠 뒤에 "그동안 희우 작가 신간 나온 거 없어? 집에 왔더니 내 책을 다 버렸네. 서점 왔는데 읽을 만한 책 좀 추천해 줘"라는 문자를 보내왔다. 좋아하는 신예 작가들을 떠올리다가 어떤 책을 알려줘야 할지 몰라 답을 미뤘고, 다음 날, 또 그다음 날이 되자 답장을 보내기엔 너무 늦어버린 것 같아 답을 하지 않게 되었다. 집주인이 갑작스럽게 집을 판다고 하는 바람에 남편이 회사에 있는 시간에는 매서운 겨울바람을 맞으며 혼자 집을 구하러 다녔다. 대출을 끌어모아 더 작은 평수로 이사를 가며 버릴 수 있는 건

전부 버렸다. 가현이 인터넷 중고 서점을 시시때때로 검색하며 내가 희우 작가의 사인본을 내놓길 기다렸는지는 알수 없다. 그것보다는 집에 갔더니 아끼던 책이 전부 없어져서, 읽고 싶었던 책을 다시 샀으리라는 추측이 더 맞을 것 같다. 『우리는 왜 우주에 가야 하는가?』는 출간하자마자 가현에게 보내줬다. 가현은 희우 작가가 언급한 마이클 콜린스의 말 부분을 사진으로 찍어 SNS에 올리고 중요한 결정을 하는 데에 도움이 되었다고 썼다. 책이 절판되어서 중고 서점에서 산 책이 우연히도 내가 희우 작가의 사인을 받았던 그 책이었던 것 같았다.

가현이라면 책을 펼쳐 보고 반가워하다가 신기한 우연을 특별한 의미로 받아들였을 가능성이 크다. 우연을 우연으로만 끝내지 않아야겠다는 생각에 그 책이 가장 필요할 것 같은 사람, 희우 작가에게 보냈으리라. 가현이 인도의 카르나타카주, 봉사단이 갔던 마을에 다시 찾아간 것도 하민과 자신에게 무슨 일이 있었던 것인지 정확히 말하기 위해서였다고, 가현은 하민의 부모에게 보내는 이메일에 썼다. 가현의 아빠는 해외를 떠도는 가현을 골칫덩어리로 여겼다. 가현은 새해나 크리스마스 같이 사람이 그리운 날이되면 하민의 부모에게 전화를 했다고 한다. 나는 이런 얘기를 육 개월 전, 하민의 엄마에게 들었다.

채아를 무사히 낳고 나자 가현 생각이 자주 났다. 가현에게 전화를 해보았지만 번호가 바뀌어 연락이 되지 않았다. 이메일에는 답이 없었고 일 년에 서너 번 피드가 올라오던 SNS 계정에도 일 년 넘게 새로운 피드가 올라오지 않았다. 고민 끝에 연락처에 저장되어 있던 하민의 엄마에게 전화를 걸었다. 하민의 엄마 또한 가현이 일 년 넘게 연락이 없어 마음이 쓰였다고 말했다. 가현이 한국에 있는지, 아니면 SNS의 마지막 피드처럼 터키의 이스탄불에 있는지 알 수 없었다. 일 년여 전 가을, 가현은 보스포루스 해협의 해가 지는 풍경을 SNS에 남기고 '그립다'고 썼다. 나는 가현의 아빠가 재혼을 해서 가현이 한국에서 마음 붙일 데가 없었다는 것도 하민의 엄마를 통해 알았다. 가현은 외동이었다. 언니가 둘이나 있냐고, 언니들도 전부 밝은 현 자를 쓰냐고 가현이 부럽다는 듯 물은 적이 있었다. 나는 가현에게 종종 첫째 조카 사진을 보여주며 조카가 너무 예뻐서 언제 결혼하든 애를 꼭 낳고 싶다고 말했다. 그럴 때마다 가현의 표정이 어두워졌던 이유를 너무 뒤늦게 알았다. 가현이 잘 지내고 있는지 궁금했지만 가현을 찾을 방법이 없어 막막했다. 달의 한쪽 면만을 보고 전부라고 여기는 어리석은 시선 때문에 가현을 제대로 보지 못했다. 가현이 내게 자신을 보여주려 얼마나 애썼는지 알고 나자 그제야 가현의 말과 행동이 이해가 되었다.

북토크는 작가와의 질의응답 시간으로 흘러와 있었다. 어쩐지 카메라를 꺼둔 깜깜한 화면 어딘가에 가현이 있을 것만 같았다. 카메라를 켜고 손을 들었다. 편집자가 나를 지목해 주었다. 마이크 소리를 높였다. 나는 잠시 망설이다 용기 내어 말했다.

"『우리는 왜 우주에 가야 하는가?』에 어떤 사인을 남겼는지 보여주실 수 있나요?"

희우 작가가 나를 보며 "그럼요" 하고 책을 펼쳤다. '내가 너를 기억해 우리가 되면'이라는 말 뒤에 '2014년 봄, 희우 드림'이라고 쓰여 있었다. 그때 화면을 꺼둔 창 하나가 하얗게 빛났다가 꺼졌다. 나는 떨리는 목소리로 물었다.

"가현아, 너 거기 있지?"

까맣게 꺼진 화면들을 뚫어져라 보았지만 어떤 화면도 다시 켜지지 않았다. 실망한 내 얼굴을 보며 희우 작가가 이해한다는 표정으로 말했다.

"좋은 비는 때를 알고 내려요. 언젠가는 봄이 올 겁니다."

희우 작가의 말에 나는 우리의 좋은 시절을 떠올렸다. 아름다운 붉은 등이 어둠을 밝히는 지우펀의 산길에서 가현과 내가 손을 잡고 서 있었다. 나는 카메라 앞에 똑같은 책

두 권을 비춰 보였다. 사회를 보던 편집자가 "제가 제일 좋아하는 책이에요!" 하고 말했다. 김가현 이름으로 사인받은 페이지를 펼쳤다. 카메라에 비추자 화면 하나가 켜졌다. 도로의 소음이 들리고 차의 전조등 불빛으로 화면이 밝아졌다가 곧 어두워졌다. 편집자가 또 다른 분 중에 질문 있으신가요? 하고 묻자 나와 같이 긴장된 표정으로 차가 오가는 화면을 유심히 바라보던 희우 작가가 입을 뗐다.

"이번에는 제가 질문을 해도 될까요?"

편집자가 어떤 분께 질문을 하겠느냐고 물었다. 희우 작가가 도로가 비치는 화면을 가리켰다. 화면의 비율이 커지자 그곳이 형형색색 불빛이 켜진 다리 위라는 것을 알아볼 수 있었다. 희우 작가가 잠시 망설이다 나지막한 목소리로 말했다.

"대답하기 싫으면 하지 않으셔도 됩니다. 저는 엄마가 스스로 떠나고 나서 교육을 받았습니다. 매뉴얼대로 질문 드리겠습니다. 질문에 대한 대답이 '네'면 화면을 아래위로, '아니요'면 옆으로 흔들어주세요. 죽는 게 더 낫다고 생각한 적이 있습니까?"

정지되어 있던 화면이 아래위로 흔들렸다.

"어떻게 죽을지 생각해 본 적이 있습니까?"

이번엔 화면이 아래위로 더 크게 요동쳤다.

"계획을 세웠습니까?"

밤하늘을 비췄던 화면이 순식간에 땅으로 내려와 아스팔트 바닥을 비췄다.

"시도해 본 적 있습니까?"

다리 위를 빠르게 오가는 차들이 아래위로 흔들렸다.

"언제 할 건지 정하셨습니까?"

화면이 아래로 떨어지며 순식간에 어두워졌다. 희우 작가가 애타게 소리쳤다.

"선생님, 어디에 계시죠? 어딘지 알 수 있게 넓게 비춰보여주세요!"

누군가 마이크를 켜고 다리의 이름을 말했다. 나는 다리 위를 비추는 화면 뒤의 얼굴이 누군지 알았다. 얼어붙은 채 화면을 보다가 제발 기다려 달라고 애원하고 자리에서 일어났다. 택시를 불러서 탔다. 얼마나 걸리는지 초조하게 시간을 확인하고 있는데 모르는 번호로 문자가 왔다.

"시현아, 천천히 와. 기다릴게."

전화를 걸었다. 통화 연결음이 끊어질 때쯤 가현이 전화를 받았다. 나는 전화를 끊지 말라고, 끊으면 안 된다고 다급하게 말했다. 가현이 물었다. 시현이 너 때문에 떠오르는 빛을 봤다고, 정말 봄이 온다고 믿느냐고. 너를 붙잡은 내가 있으니 분명히 올 거라고 말하며 나는 가현이 전화를 끊지 못하도록 생각나는 모든 것을 늘어놓았다. 인도에 갈 때 탔던 비행기가 난기류에 요동쳐 비닐봉지를 입에 대고 있었던 이야기, 경유지인 싱가포르에서 나눠 먹었던 파인애플주스 이야기, 우리에게 꽃을 꺾어서 내밀었던 인도 소년 이야기를 거쳐 하민의 이야기를 했다. 가현은 별다른 말 없이 내 이야기를 들었다.

택시에서 내리자 가현이 구급대원과 함께 있었다. 시현이 네가 말한 그 빛이 어떤 빛인지 이제 조금 알겠어, 하고 가현이 웃으며 울었다. 나는 가현을 끌어안았다.

●

가
장

낮
은

자
리

가장 낮은 자리
『문학3』 2018년 2호

9인승 스타렉스가 해산 터미널 앞에 섰다. 연식이 오래된 차의 양옆과 뒤를 홍보 문구로 가득 채웠지만, 찌그러진 부분들과 여러 번 도색해 군데군데 색이 다른 흔적까지 가려지진 않았다. 지민은 빨갛게 언 손으로 차 문을 힘껏 잡아당겼다. 문에 쇳덩이라도 매달려 있는 것처럼 꼼짝하지 않았다. 지민이 서 있던 자리에 은호가 끼어들어 문을 옆으로 밀었다. 덜컹 흔들린 문이 겨우 사람 한 명 드나들 만큼만 벌어졌다. 은호가 스타렉스 안으로 머리를 들이밀었다.

　"아무도 안 탔죠?"

　김 기사가 "없어" 하고 나른하게 대꾸하고는 입을 쩍 벌리며 하품을 했다. 은호는 어깨띠를 풀고 차에 올라탔다. 은호도, 지민도 오후 내내 '해산 꿈에그린캐슬 1블록 일반 분양 모집'이라는 글자가 앞뒤로 박힌 어깨띠를 매고 있었다.

둘 다 현장에서 지정해 준 정장에 흰색 패딩을 입고 홍보를 나왔다. 짙은 감청색 정장은 봄가을용 얇은 원단이어서 영하 10도를 밑도는 날씨에 어울리지 않았다. 게다가 지민은 7센티미터 높이의 힐을 신고 있었다. 욱신거리다 못해 발목과 발가락의 감각이 없어진 지 오래였다.

지민은 문 바로 앞에 앉은 은호가 자리를 옮겨주길 바랐다. 은호는 차에 타지 않고 문 앞에 멀뚱히 서 있는 지민을 보고도 움직이지 않았다. 지민은 은호를 가만히 내려다보다가 한숨을 내쉬었다. 그러곤 은호의 무릎에 닿은 치마가 말려 올라가지 않도록 몸을 앞좌석 쪽으로 납작 밀어붙이며 안으로 들어갔다. 창가 쪽 자리에 앉자마자 언 손을 무릎 사이에 끼웠다. 열린 문 사이로 찬 바람이 쏟아져 들어왔다. 문을 좀 닫아주면 좋을 텐데 은호는 허리를 구부정하게 숙이고 두 다리를 달달 떨고만 있었다. 지민이 "은호 씨" 하고 조심스럽게 부르는 순간 은호가 벌떡 일어나 차밖으로 뛰어나갔다. 어딜 가려면 문이나 닫고 가지, 여전히 열려 있는 문틈으로 살을 에는 듯한 찬 바람이 밀려들었다. 지민은 하는 수 없이 자리에서 일어나 잘 닫히지 않는 문에 매달렸다. 이번에도 문은 차체에 눌어붙어 있기라도 한 듯 꼼짝하지 않았다. 그사이 은호가 홍보용 전단이 고스란히 남아 있는 박스를 들고 왔다. 지민이 엉거주춤 서 있는 꼴로 물었다.

"좀 더 해야 하지 않을까요?"

"사람이 없는데 뭘 더 해요? 그만 접죠."

김 기사가 은호의 말에 맞장구를 쳤다.

"하다 하다 이런 데는 처음이야. 오늘 세 명 태웠어. 그중에 한 명은 차만 타고 모델하우스엔 들어가지도 않았고. 추운데 고생하지 말고 그만 갑시다."

지민은 은호가 박스를 뒷좌석에 실을 수 있게 문 바로 앞에 있는 좌석의 등받이를 접었다. 좌석을 옆으로 세우려고 허리를 숙이자 박스를 들고 차 안으로 올라온 은호가 팔꿈치로 지민을 밀어냈다. 하필이면 은호의 팔꿈치가 지민의 왼쪽 가슴에 닿았다. 지민이 흠칫 놀라 뒤로 물러섰다. 은호는 박스를 뒷좌석으로 넘기고 옷에 묻은 먼지를 탁탁 털어 내더니 등받이를 바로 세우고 앉았다. 그러곤 휴대전화를 꺼내고 이어폰을 귀에 꽂으며 한 손으로 열린 문을 닫았다. 은호의 행동에는 단 한 번의 머뭇거림도 없었다. 지민은 은호에겐 자연스러운 일이 왜 자기에겐 불편하게 여겨지는지 잠시 생각하다 턱을 괴고 창밖을 보았다. 앙상하게 헐벗은 나무 사이에 새까맣게 때가 탄 눈이 쌓여 있었다. 길가에 방치된 빈집과 얼어붙은 논바닥, 폐업을 내건 가게들이 창밖으로 빠르게 지나갔다. 선순위 청약률이 예상보다 높지 않자 실장은 심각한 미분양이 날까 봐 홍보에 열을 올렸다. 서울을 제외한 모든 곳의 집값이 바닥이 어디인지 알 수 없을 만큼 곤두박질치고 있었고, 청약률이 절반도 되지 않는 아파트가 속출했다. 해산이라고 예외일 리 없었다.

구도심인 해산 터미널에서 모델하우스가 있는 시내 쪽으로 들어가자 그간 듬성듬성 보이던 낡은 건물들이 사라지고 번쩍이는 통유리로 둘러싼 빌딩들이 도로 양옆에 즐비했다. 가지가 꺾이고 전구가 떨어진 크리스마스트리를 치우지 않은 가게가 눈에 띄었다. 해가 바뀐 지 얼마 되지 않았다는 걸 알려주는 표식 같아 그곳에 눈길이 머물렀다.

올해로 서른아홉, 이마에 한 줄로 가느다랗게 파인 주름을 보고도 나이가 실감 나지 않았다. 분양 사무소를 십 년 넘게 떠돌아다녔으면서 아직 한 번도 팀장을 해보지 않은 사람은 지민밖에 없었다. 이제 갓 분양 일을 시작한 젊은 직원들이 결혼도 하지 않고 분양 사무소를 따라 숙소 생활을 하는 지민을 낮잡아본다는 걸 알았지만, 이제 와 하던 일을 그만두고 다른 일을 한다는 건 상상하기 힘들었다. 몇 번이나 다른 일을 해보려 했지만 생업을 바꾸는 게 얼마나 고단한 일인지 깨닫고 되돌아왔기에 더 그랬다. 이 바닥에

서는 그동안 쌓아둔 인맥 덕에 전화 몇 번 돌리면 어디라도 지민을 받아줄 자리가 있었다. 사람이 급할 때는 새 사람보다는 아는 사람이 편한 법이었고, 월급이 적은 경우는 많았어도 일자리를 못 찾은 적은 없었다.

게다가 지민은 묵묵히 들어주는 걸 누구보다 잘했다. 모델하우스를 찾아오는 손님 중에는 지민의 목소리나 말투, 치아를 드러내며 웃는 습관 등을 두고 트집을 잡아 화풀이를 하는 이들이 종종 있었다. 기회라도 잡은 듯 퍼부어대는 사람 앞에서 지민은 고개를 숙이고 자기를 지웠다. 그럼 대부분의 일이 저절로 해결되었다. 목소리 큰 사람이 많은 이곳에서는 괜한 분란을 일으키는 것보다 참는 쪽이 현명하다는 말을 들어왔고 답답한 사람으로 여겨질 만큼 그 말을 충실히 따라왔다. 나이가 들수록 지민은 불쑥불쑥 튀어나오려는 말을 내리누르는 데 예전보다 더 많은 노력이 든다는 걸 느끼고 있었지만, 아직은 그럭저럭 견딜 만했다.

차가 급정거하면서 지민의 턱이 차창에 부딪혔다. 샛노란 색깔의 운전전문학원 차 한 대가 앞에 비스듬하게 끼어들어 있었다.

"씨발새끼가!"

김 기사가 앞을 노려보며 주먹으로 클랙슨을 내리쳤다. 희끗한 짧은 머리카락을 쓸어 넘기며 "아, 저 호로새끼가"

하고 욕을 쏟아붓고, 또 머리를 쓸어 넘기며 "아, 저 씹새끼가" 하고 거친 욕설을 발작적으로 내뱉었다. 지민은 반사적으로 목이 잔뜩 움츠러들었다. 그 순간 머리 위로 욕을 쏟아부으며 지민의 멱살을 쥐고 흔들어대던 손이 되살아났다. 분양가를 묻기에 답을 했을 뿐인데 남자는 씨발 얼마? 얼마라고? 화를 내며 지민을 놓아주지 않았다. 블라우스 단추가 튕겨 나가고 앞섶이 벌어져 속옷이 거의 다 드러나고 나서야 보안 요원이 달라붙어 그 남자를 지민에게서 떼어냈다. 지민은 떨리는 손끝을 다른 손으로 붙잡았다. 숨을 고르며 김 기사를 불렀다. 김 기사는 듣지 못했는지, 아니면 들었어도 멈추지 못하는지 운전전문학원 차가 시야에서 사라졌는데도 쉬지 않고 욕을 퍼부어 댔다. 다시 한번 김 기사를 부르려고 할 때 은호가 지민을 툭 쳤다. 은호의 눈에 장난기가 서려 있었다.

은호가 밖을 보라는 눈짓을 보냈다. 검은색 벤츠 한 대가 옆 차선으로 들어오고 있었다. 조수석 창문을 내린 벤츠의 젊은 남자가 김 기사에게 소리를 지르며 클랙슨을 울렸다.

"저 새끼는 왜 지랄이야?"

김 기사가 옆을 흘긋 보더니 가래침을 끌어모아 창밖으로 뱉었다. 하얀 거품이 인 노란색 가래침이 벤츠의 옆구리에 붙어 아래로 흘러내렸다. 신호가 바뀌자마자 속도를 높인 벤츠가 앞으로 치고 들어왔다. 벤츠는 앞에 바짝 붙어 가면서 속도를 낼 만하면 멈춰 서고, 또 갈 만하면 멈춰 서고를 반복했다.

"참으려고 했는데 안 되겠네. 저 새끼 같은 것들은 가만히 있으면 병신인 줄 알아."

"맞습니다, 기사님. 벤츠라고 봐줄 것 없습니다."

유쾌하게 대꾸하는 은호의 얼굴엔 스포츠 경기를 관람하는 듯한 흥분이 서려 있었다. 김 기사는 그렇다 쳐도 은호가 이토록 신이 난 이유를 도통 이해할 수 없었다. 지민은 일이 더 커지기 전에 그만 차에서 내리고 싶은 마음이 간절했다.

"아저씨, 그냥 옆 차선으로 빠지세요. 사고라도 나면 어떻게 하시게요."

김 기사는 대답 대신 차선을 바꿔 벤츠 앞을 가로막았다. 벤츠가 재빨리 다른 차선으로 끼어들자 다시 앞차를 추월해 벤츠 앞에 섰다. 차가 차선을 지그재그로 바꿀 때마다 차체가 심하게 요동쳤다. 지민은 잔뜩 긴장한 채 창문 위에 달린 손잡이를 붙잡았다. 조수석 좌석을 잡고 몸을 앞으로 내민 은호가 "기사님, 오른쪽!" 하고 고함을 쳤다. 아무것도 먹지 못한 속이 뒤집히며 식은땀이 흘렀다. 입으로 신물이 올라왔다.

"그만! 제발 그만요!"

지민이 더 이상 참지 못하고 애원하듯 소리를 지르자 김 기사가 순간적으로 속도를 늦췄다. 동시에 교차로의 신호가 붉은색으로 바뀌었다. 벤츠가 빠른 속도로 앞으로 끼어들어 와 횡단보도에 비스듬하게 차를 세웠다. 운전자가 뛰어내렸다. 곱상해 보였던 얼굴과 달리 근육질 몸에 덩치가 큰 남자였다. 남자는 운전석 문을 다짜고짜 열어젖히려 했다. 문이 열리지 않자 운전석 창문을 주먹으로 내리쳤다.

"내려! 내려서 해봐!"

김 기사가 반쯤 내려져 있던 차창을 황급히 올렸다. 그러곤 그 남자를 향해 고개를 조아리며 작은 목소리로 읊조렸다.

"아이고, 죄송합니다. 죄송합니다."

김 기사의 몸도, 목소리도 순식간에 조그맣게 움츠러들었다. 지민은 당황스러운 마음에 은호를 돌아보았다. 은호는 운전 내내 붙어 있던 앞좌석에서 멀찍이 물러나 좌석 등받이에 엉덩이를 바짝 붙인 채 몸을 구부정하게 숙이고 앉아 있었다. 얼굴이 시뻘겋게 부풀어 오른 남자가 운전석 문의 손잡이를 요란하게 잡아당기다 플라스틱 차 키로 창문을 내리찍었다. 닫힌 문 밖에서 남자가 운전 똑바로 하라고 위협적으로 소리를 질렀다. 김 기사는 언젠가 지민이 그랬던 것처럼 밖을 쳐다보지도 못하고 고개만 자꾸 조아렸다. 지민은 이상하게도 웃음이 나왔다. 괜찮다고, 별일 아니라고 두 남자의 어깨라도 두드려주고 싶은 심정이었다.

그때 신호가 바뀌고 뒤차들이 경적을 울렸다. 남자가 문득 자기 차를 돌아보았다. 운전석 문이 열려 있는 상태로 비스듬하게 앞으로 미끄러져 내려가고 있었다. 남자는 외마디 욕설을 내뱉더니 차를 향해 달려갔다. 교차로 오른쪽에서 지게차 한 대가 진입해 오고 있었다. 미끄러져 내려간 벤츠와 지게차가 부딪히려던 찰나 남자가 묘기를 부리듯 공중으로 붕 날아올라 운전석에 착지했다. 벤츠는 지게차와 충돌하기 직전에 멈춰 섰다. 벤츠가 차선을 바로잡고 오른쪽으로 꺾어 사라질 때까지 차 안에는 정적이 흘렀다. 벤츠가 시야에서 사라지자 그제야 핸들을 꺾은 김 기사가 차창을 내리며 중얼거렸다.

"뭐야, 저 새끼. 자기나 잘하지 어디서 참견이야, 참견은."

은호가 킥킥거리며 웃음을 터뜨렸다.

"기사님, 최고였어요."

은호는 몸을 앞으로 당겨 앞좌석의 등받이를 끌어안았다.

"놀라서 뛰어가는 꼴 하고는."

기사가 상기된 얼굴로 은호와 지민을 돌아보았다. 남자가 골탕 먹은 장면이 잊히지 않는지 피식피식 웃음을 머금은 채였다.

"그 새끼 겁먹은 얼굴 보셨어요?"

"아, 봤지. 좆도 없는 새끼가 괜히 그런다니까."

지민은 저 혼자 딴 세상에 뚝 떨어진 것 같았다. 공격적으로 몰아붙이는 남자의 기에 순식간에 눌려버린 두 사람 아니었나? 바람이 빠졌다가 급격하게 부풀어 오른 풍선 인형처럼 김 기사와 은호는 반음 넘게 올라간 목소리로 남자를 비웃었다. 남자를 깔아뭉개며 주고받는 농담은 점점 야하고 상스러워져서 지민은 속이 거북했다. 지민의 찌푸린 얼굴을 룸미러로 본 김 기사가 동조를 바라는 듯 말했다.

"저런 조루새끼랑은 상종을 말아야 돼. 여자들은 뭘 잘 모른다고. 안 그래요?"

지민은 김 기사의 말에 아무런 대꾸도 하지 않았다. 김 기사는 헛기침을 한 번 하더니 은호에게 그렇잖아, 하고 동의를 구했다. 김 기사는 이후에도 룸미러로 지민을 흘깃 쳐다보며 수위가 높은 농담들을 이어나갔는데, 지민은 이제 둘이 주고받는 농담이 꼭 남자가 아닌 그 자리에 앉아 있는 자신에게로 향하는 것만 같은 기분이 들었다. 지민은 김 기사의 말에 입을 크게 벌리고 웃는 은호의 옆모습을 바라보았다. 갓 스물을 넘겼을까. 오십이 넘은 여자 팀장들이 누님이라고 부르라 하면 얼굴을 붉히던 앳된 소년 같은 모습은 어디론가 사라지고, 약한 모습이 보이면 끝까지 쫓아가 짓밟는 비열함이 비쳤다.

"은호 씨, 지금 하는 말들이 좀 그렇지 않아요?"

지민이 저도 모르게 불쑥 말했다.

"뭐가요?"

은호가 지민을 돌아보지도 않고 대꾸했다. 은호의 무감함에 지민은 다시 한번 속이 뒤집혔다.

"하하, 그런가요?"

너털웃음을 터뜨리며 룸미러를 보는 김 기사와 지민의 눈이 마주쳤다. 지민은 현기증이 핑 돌았다. 번호표를 하루에 몇 번이나 뽑고 얼쩡거리면서 평형과 분양 조건을 설명하는 지민을 샅샅이 훑어 내리던 눈초리들이 있었다. 그런 눈은 어김없이 지민의 가슴골에 머물렀다. 벗어야 벗겨지는 게 아니다. 노골적으로 보는 시선은 무례함을 감추지 않았다. 그러다 지민과 눈이 마주치면 김 기사와 비슷한 눈으로 웃어 보였다.

"남들 다 하는 말 한 건데 뭐가 어떻다고……."

은호가 억울하다는 듯 나지막하게 중얼거렸다. 지민을 옆으로 흘깃 쳐다보는 은호의 표정엔 경멸의 빛이 스쳤다.

지민은 순간 자신이 앉아 있는 자리가 아래쪽으로 비스듬
히 기울어지는 것을 느꼈다. 자리는 한번 낮아지기 시작하
자 급격히 아래로 기울었다. 그저 두 남자의 수치를 목격했
다는 것만으로 지민의 자리가 낮아져야 할 이유는 없었다.
지민은 왜 수없이 많은 상황에서 똑같은 경우를 되풀이해
야 하는지 이해할 수 없었다. 그동안 참아왔던 말들이 비틀
리고 꼬여 입 안을 맴돌았다.

　차가 모델하우스 앞에 설 때까지 세 사람은 아무 말도 하
지 않았다. 김 기사는 간혹 헛기침을 내뱉으며 뒷머리를 한
손으로 쓸어내렸고, 은호는 이어폰을 귀에 꽂고 휴대전화
를 든 채 다리를 떨었다. 차에서 내린 김 기사가 모델하우
스 뒷문 앞에서 담배를 피우고 있는 동료들에게 손을 들어
보였다. 가는 도중 잠깐 멈춰 서서 바지춤을 손으로 잡아
올리고 모델하우스 앞에 깔려 있는 자갈 사이에 침을 뱉었
다. 김 기사가 무슨 얘기를 했는지 담배에 불을 붙이기도
전에 모두가 웃음을 터뜨렸다. 지민은 김 기사가 웃는 게
불쾌했고 아무 일 없었다는 듯 웃으면 왜 안 되는지 설명
해 주고 싶은 심정이었다. 게임에 열중하고 있던 은호가 고
개를 두리번거렸다. 지민과 눈이 마주치자 머쓱한 듯 고개
를 한 번 숙여 보이더니 차에서 내렸다. 지민이 "짐은……"

하고 웅얼거렸지만 은호는 차에 남아 있는 지민을 돌아보지도 않고 차 문을 닫아버렸다. 지민은 뒤따라 내리려다가 뒷자리에 남겨진 박스를 돌아보곤 다시 자리에 앉았다.

김 기사의 무리가 시야에서 사라지자 지민은 등을 창문에 기대고 옆 좌석에 다리를 뻗어 올렸다. 잘 벗겨지지 않는 구두를 벗고 허리를 숙여 부어오른 발을 주물렀다. 아무도 찾아오지 않는 차 안에 앉아 있으니 비상대피공간에 들어와 있는 것 같았다. 지민은 언제부턴가 하지 못한 말들이 차올라 답답증이 일 때면 24평 A타입 또는 32평 C타입의 비상대피공간에 숨어들었다. 아파트에서 불이 났을 때를 대비한 이 공간은 모델하우스에도 설치해 놓지만 벽재와 바닥재를 제대로 시공하지 않아 먼지가 일었다. 8인승 엘리베이터와 같은 규격으로 만들어진 그곳에서 다리를 뻗고 앉아 있으면 자신과 비슷한 기분으로 대피할 공간이 필요한 사람이 여덟 명쯤 더 있을 거라는 생각이 들었다. 그러면 마음이 조금 가라앉았다.

이젠 완전히 혼자였고 어떤 생각도 위로가 되지 않았다. 조금씩 깜깜해지던 바깥에 어둠이 순식간에 내려앉았다. 모델하우스와 그 주변을 밝히는 불빛에 바닥의 자갈이 누군가의 눈처럼 번뜩였다. 지민은 번뜩이는 그것을 가만히 노려보다가 가장 뾰족한 돌 하나를 주워 손안에 숨기고 스타렉스 주위를 한 바퀴 빙 도는 자신의 모습을 떠올렸다. 가슴이 두근거렸다. 차창에 지민의 얼굴이 비쳤다. 긴장한 듯 미소 짓고 있는 얼굴을 지민은 홀린 듯 바라보았다.

● 여분의 사랑

여분의 사랑
『에픽』 2022년 1/2/3월호

다희가 우주에게 우리 헤어졌어, 말하면 우주는 만나서 얘기하자고 했다. 코로나바이러스가 본격적으로 퍼지기 시작할 때 우주는 우즈베키스탄 플랜트 공사 현장으로 나갔다. 우즈베키스탄은 도시 간 이동 금지와 출입국 금지 조치를 강하게 시행했고, 우주는 현장에 격리된 것과 같은 상태로 일 년 넘게 휴가를 나오지 못했다. 우주에게 페이스톡이 와서 받았더니 화면이 연결되지 않고 목소리만 들렸다.

　"들려?"

　"끊겨서 잘 안 들려."

　"휴가야. 우리 여행 가자."

　다희는 대답하지 않고 연결이 안 되는 척했다.

　"자꾸 끊기네. 뭐라고?"

　우주가 목소리를 높여 말했다. 드디어 한국에 갈 수 있게 되었다고, 좋은 데로 가자고 했다.

"안 들리네. 들어가야 돼. 나중에 전화해."

민원인이 드물게 찾아오는 시간이었지만 다희는 정말로 바쁜 일이라도 있는 양 서둘러 자리에 앉았다. 우주가 온다는 게 믿기지 않다. 비행기 편까지 나왔던 휴가가 지금껏 번번이 취소되면서 공사가 끝나기 전엔 못 오겠구나 하고 반쯤 마음을 놓고 있었다. 현장 숙소의 인터넷 연결 상태가 불안정해 전화가 와도 세 번에 한 번은 연결이 되지 않았다. 들려? 아니, 안 들려. 이와 같은 말만 반복했지만 그럼에도 우주는 끈기 있게 연락했다. 다희가 전화를 받지 않으면 죽고 싶다고 톡을 보냈다. 매주 코로나 검사를 받고, 하루 쉬고 주 6일을 새벽부터 밤늦도록 일하는 현장 상황을 알았기에 나쁜 마음을 먹을까 봐 다희는 우주를 매몰차게 대할 수 없었다. 우주는 전화를 끊고 나면 고맙다고 메시지를 보냈다. 내 사랑 목소리 들으니까 힘이 난다, 뒤엔 라이언 이모티콘이 나타나 바구니 가득 하트를 담아 뿌리거나 빙글빙글 돌며 춤을 췄다. 우주의 내 사랑이었던 게 좋았던 다희는 지나간 시간 속에 있고, 지금의 다희는 같은 말이 그토록 서늘하게 들리는 게 어리둥절할 뿐이었다.

다희의 바람과는 달리 이번에는 비행기 편이 취소되지

않았고, 우주는 이동의 한 단계를 거칠 때마다 다희에게 메시지를 보냈다. 현장에서 타슈켄트 공항으로 왔어. 인천공항이야. 부산 집에 도착했어. 2주의 자가 격리 기간 동안에는 전화를 피할 구실이 없어 멀리 거실에 있는 우주의 엄마와 인사까지 나누었다.

우주는 음성 판정이 나오자마자 차를 렌트해 출발했다. 우주가 휴게소에 들를 때마다 뭘 먹었는지 찍어서 보낸 사진을 확인하며 다희는 여행을 가지 않고 우주를 보자마자 헤어지자고 하는 경우와 우주가 원하는 여행에 동행한 뒤 헤어지자고 설득하는 경우를 고민했다. 어느 쪽이든 끝이 나쁠 게 뻔했고 하고 싶지 않은 경험이었다. 헤어지는 과정을 거치지 않고 헤어질 수 있으면 좋겠다고, 가볍게 끝이라고 말하면 끝나는 사이가 좋았을 거라고 우주에게 말하고 싶었다. 우주를 보고 나면 하지 못할 말이었기에 입술을 씹었다.

집 앞에 왔다는 우주의 전화를 받고 원룸 건물 1층으로 내려갔다. 지금껏 알았던 우주 중 가장 야윈 우주가 다희를 가볍게 끌어안으며 말했다.

"보고 싶었어."

다희는 코가 시큰해져 고개를 숙이고 우주를 밀어냈다.

"어디로 가?"

"잠깐 기다려봐."

우주가 뒷좌석에 다희의 짐을 싣고 보냉 가방을 꺼냈다. 먼저 냉장고에 넣고 오라고 했다. 방으로 들어가 보냉 가방을 열자 반찬통마다 '깻잎', '파김치', '묵은 김치'라고 쓴 포스트잇이 붙어 있었다. 우주가 현장으로 나가기 전, 집에 갔다 올 때마다 들고 왔던 반찬이었다. 우주와 다희는 일 년 정도 같이 살았다. 우주가 화장실 청소를 하지 않아서 자주 싸웠고, 혼자 있고 싶을 때 혼자 있을 공간이 없어 다희는 숨이 막힐 때가 많았다. 그때로부터 일 년 반이 흘렀다. 우주가 언제 한국으로 돌아올지 누구도 알 수 없는데 우주와 우주의 엄마는 시간이 흐르지 않은 것처럼 굴고 있었다. 완전히 다른 시간 감각에 다희는 도무지 적응이 되지 않았다. 반찬통을 열자 생선 삭은 냄새에 어지럼증이 몰려와 순식간에 눈앞이 까매졌다. 음식물 쓰레기 봉지를 꺼내 반찬을 전부 부었다. 봉지를 묶어서 냉동실에 넣고 손에 묻은 고춧가루를 씻었다.

건물 밖으로 나가자마자 우주가 수줍은 듯 고개를 숙이더니 차 트렁크 문을 열었다. 다희는 긴장한 채 트렁크 안을 들여다봤다. 500일이 되었을 때 우주가 학교 선배인지 후배인지의 쏘나타를 빌려 트렁크에 풍선을 잔뜩 싣고 온 적이 있었다. 차를 돌려주기 전에 풍선을 전부 터뜨려야 해서 한강으로 갔다. 이게 뭐니, 다시 터뜨려야 하는 걸 왜 하니, 투덜거리면서 풍선을 바닥에 내려놓고 밟다가 웃음이 터졌다. 영하 10도까지 내려간 날이었고 강바람을 맞으며 풍선을 터뜨리다가 손이 꽁꽁 얼어붙어 몇 개는 헐벗은 나무에 묶어두고 왔다.

천으로 된 이동 가방이 트렁크 안에 있었다. 낑낑거리는 작은 소리가 들렸다. 우주가 지퍼를 열고 주먹만 한 강아지를 손에 들었다.

"몰티즈야. 이름은 일단 '우리'라고 지었어."

"이게 무슨……."

다희가 말을 끝맺지 못하고 강아지와 우주를 번갈아 보았다. 우주는 아랑곳하지 않고 하얀 털이 보송하게 자란 강아지의 머리를 손가락으로 쓸었다.

"설마 트렁크에 실어 온 거야?"

"너 내려오기 전에 잠깐 있었어. 진이 이모 기억나? 석호 형이라고, 명동성당에서 결혼식 해서 같이 갔잖아."

한복을 입고 있던 우주의 엄마가 생각났다. 인사만 하고 우주와 성당을 나와 칼국수를 먹었다. 칼국수에 곁들여 나온 겉절이의 마늘 향이 입에 오래 맴돌았다. 우주 엄마가 남산타워에 가보고 싶다고 해서 택시를 타고 남산으로 가서 우주 엄마를 다시 만났다. 다희는 마늘 냄새가 날까 봐

같이 있는 동안 자주 손으로 입을 가렸다. 우주 엄마는 그런 다희가 귀여웠다고, 며칠 뒤 우주를 통해 얘기했다.

"진이 이모네 강아지가 새끼를 두 마리 낳았는데 더 작은 애로 데리고 왔어. 키우고 싶으면 키워. 아니면 내가 데려가고."

"어디로? 우즈베키스탄으로?"

우주가 눈살을 찌푸렸다.

"아니, 다시 엄마한테. 거긴 여우가 돌아다녀. 밤이 되면 컨테이너 앞으로 몇 마리가 모여드는지 모르겠어. 생각도 하기 싫다."

우주가 진짜 싫다는 표정을 지었다. 우주가 있다는 우즈베키스탄의 누쿠스를 찾아보면 초록색이 보이지 않는 황량한 사막 지대의 사진이 떴다. 시차가 여덟 시간밖에 나지 않는 북쪽 어딘가에 그토록 메마른 땅이 있다는 게 실감이 나지 않았다. 호수의 물이 말라 어딜 가나 모래만 보인다고 했다. 우주는 그곳에 세워진 간이 컨테이너 안에서 생활했다. 사무실도 컨테이너, 식당도 컨테이너였다. 우주가 무슨 일을 하는지 여러 번 들어도 머릿속에 잘 그려지지 않았다. 식당에 파견된 조선족 아주머니의 반찬은 너무 짜서 종종 모래가 씹히는 맨밥만 먹는다고 했다. 베트남 커피 G7을 마시고 일요일 아침엔 특식으로 라면이 나오는 것 외에 우주는 그곳 얘기를 되도록 하지 않았다.

차 안에서 손소독제 냄새가 났다. 우주는 운전석에 앉자마자 소독제를 들어 다희의 손에 짜주고 자기 손을 소독했다. 강아지는 다희의 다리 위에 자리를 잡고 누웠다. 솜뭉치처럼 작은 몸으로 쌕쌕 숨을 쉬는 게 신기해 다희는 강아지에게서 눈을 떼지 못했다. 우주가 물었다.

"수영복 챙겼지?"

"래시가드. 리조트 같은 데로 가?"

"아니, 수영장 있는 독채야. 운이 좋았어. 혹시라도 코로나 걸려 가면 현장 난리 나거든. 리조트나 호텔은 안 되겠고 독채가 좋은데 전부 예약 마감이잖아. 새로 고침 계속하다가 신규 숙소로 등록되자마자 잡은 거야."

우주는 흥이 올라서 고개를 여러 번 까딱거렸다. 내비게이션에 주소를 찍는 걸 보고 다희는 여주로 간다는 걸 알았다.

"여주? 여주에 뭐가 있지?"

"글쎄, 도자기? 한정식? 어디 가지 말고 숙소에만 있자. 알겠지?"

다희는 대꾸를 하지 않고 강아지를 살폈다. 이빨이 두 개밖에 없는 입, 분홍색 발바닥, 동그랗고 까만 눈, 흠 하나 없이 까맣게 빛나는 코. 같은 종이라도 강아지마다 얼굴이 다른데 다희가 지극히 사랑한 솜이가 살아 돌아온 것처럼 생김새가 똑같았다. 목을 간질여주니 배를 보이고 눕는 것이나, 처음 보는 사람을 경계하지 않고 친근하게 구는 모습까지 비슷했다. 우주는 만족스러운 표정으로 노래를 자꾸 바꿔 틀었다. 처음 들어보는 신곡들 사이에서 「월량대표아적심」이 흘러나왔다. 우주가 가사를 따라 불렀다. '내 마음은 진짜예요, 내 사랑도 진짜예요' 다음의 '위에량 따이비아오 워더 신'의 '저 달빛이 내 마음을 보여줘요' 부분은 등려군처럼 목소리를 나직하게 떨었다.

여주로 들어서자 군데군데 도자기 체험장을 안내하는 표지판이 보였다. 논과 산 사이의 좁은 길을 따라 들어갔다. 포장되지 않은 시골길이 지루하게 이어진 다음에야 전원주택 단지가 보였다. 아래쪽의 평지에는 논이 펼쳐져 있었고 나지막한 산등성이에 서로 다른 모양의 주택이 10여 채 모여 있었다. 한 집 건너 한 집이 마감을 하고 있거나 이제 막 골조가 세워진 상태였다. 우주가 빌린 집은 가장 위쪽에 있어 바로 뒤가 산이었다. 나지막한 울타리 너머 잘 관리된 넓은 잔디밭이 보였다. 우주가 대문 앞에 차를 대고 벨을 눌렀다. 곧장 "나갈게요" 하는 목소리가 들렸다.
"주인이 있는 집이야?"

다희가 묻자 우주가 대수롭지 않은 일이라는 듯 대꾸했다.

"1층에 산대. 바비큐 준비를 해준다더라고."

우주의 말이 채 끝나기 전에 둥그스름하게 모양이 잡힌 리넨 재질의 바지에 같은 소재로 된 상의를 입고 넓은 챙이 달린 모자를 쓴 여자 주인이 밖으로 나와 대문을 열었다. 다희는 엉겁결에 고개를 숙여 인사했다. 주인이 다희의 품에 안겨 있는 강아지를 내려다보더니 혼잣말로 중얼거렸다.

"진짜 개를 데리고 왔네."

"거의 잠만 잡니다. 말씀드린 것처럼 깨끗이 쓰겠습니다."

우주가 싹싹하게 말하자 주인이 눈살을 찌푸린 채 물었다.

"이빨은요?"

"네? 이빨이…… 이빨이 났었나?"

우주가 강아지 입을 억지로 벌리려고 하자 다희가 얼른 대꾸했다.

"두 개 났어요."

강아지가 고개를 들어 잠깐 주위를 둘러본 뒤 다희의 품에 머리를 비비고 하품을 했다. 주인은 그제야 앞장서서 2층 문을 열어준 뒤 별다른 말 없이 1층에 쌍둥이처럼 달려 있는 문으로 들어갔다.

마당 안으로 들어서자 비료 냄새인지 가축 우리 냄새인지 어디선가 희미하게 코를 찌르는 악취가 났다. 마당 한편에 작은 밭이 있었다. 개를 기르거나 마당 냥이를 돌보는 것 같지는 않았다. 다희는 우주에게 냄새에 대해서 얘기하려다가 말을 삼켰다. 우주는 채팅으로 물어봤을 때는 개를 데려와도 된다고 해놓고 이제 와서 왜 저러느냐고 투덜거렸다.

2층 현관으로 들어가자마자 1층과 2층 사이의 내부 계단에 달려 있는 커튼이 눈에 띄었다. 계단 위 커다란 창으로 햇살이 쏟아져 들어오며 커튼을 비췄다. 홑겹의 흰색 커튼이 바람이 불 때마다 흩날리며 목조 계단에 그림자를 만들었다. 안이 이어져 있는데 밖에 문을 따로 만든 게 웃기지 않는 농담 같았다. 집 안 어딘가에서 같은 냄새가 맴돌아 다희는 강아지를 안고 한참을 현관에 우두커니 서 있었다. 우주가 빨리 들어오라고 재촉했다. 계단을 한 번 더 올라가고 난 뒤에야 2층 거실이 나왔는데, 층고가 높고 곳곳에 창문이 크게 나 있어 밝고 시원했다. 세심히 고른 듯한 패브릭 소파와 벽걸이로 걸려 있는 텔레비전, 짙은 고동색의 6인용 식탁까지 모두 새것 같아 보였다.

"우리가 첫 손님인가 봐."

우주가 창밖을 보며 한껏 찌푸렸던 표정을 풀었다. 소파

에 앉으니 초록 잔디가 깔린 마당과 주택가 아래로 펼쳐
진 초록색 논이 보였다. 눈이 편안해지는 풍경이었지만 다
희는 어쩐지 허락받지 않은 집에 몰래 들어와 있는 것처럼
불편했다. 마당에 그늘 한 점 없이 뜨거운 햇빛이 내리쬐는
것도, 불쾌한 냄새가 계속 코끝을 맴도는 것도 참기 어려웠
다. 우주는 창밖을 보고 서 있다가 차에 가서 아이스박스를
들고 왔다. 고기와 상추, 소시지, 떡 등 바비큐 할 음식을 냉
장고에 옮겨놓은 다음 펌프와 튜브를 꺼냈다.

"수영부터 하자."

"수영하기엔 날이 너무 뜨겁지 않아?"

"수영복 챙겨 왔잖아?"

우주는 다희의 말을 더 듣지 않고 펌프를 발로 밟아 튜브
에 바람을 넣기 시작했다. 유니콘 모양의 거대한 튜브였다.
뻑뻑 소리가 요란하게 났다. 튜브에 바람이 하나도 들어가
지 않았다. 예상치 못한 상황에 당황한 우주의 얼굴이 달아
올랐다. 튜브를 들어 훑듯이 살피고 난 우주가 펌프의 호스
에 미세한 구멍이 나 있는 걸 찾아냈다.

"뭐야, 불량이야. 왜 불량을 팔아?"

우주의 숨소리가 거칠어졌다. 다희가 강아지를 품에 안
은 채로 엉거주춤 일어났다. 다희는 호스를 돌려 보다가 마
감이 조악한 플라스틱에 손가락을 찔렀다. 우주는 스피커

폰으로 고객센터에 전화를 걸었다. 통화 연결음이 영원히 계속될 것처럼 이어졌고 다희는 한동안 잊고 있었던 토할 듯 사나운 감정이 치솟아 배가 아팠다. 그럴 때면 우주에게 나쁜 일이 벌어지는 상상을 했다. 우주가 탄 비행기가 추락하는 모습을 머릿속에 그리고 나서야 다희는 입을 열었다.

"주말이잖아. 안 받겠지."

"그러니까 주말에는 왜 안 하느냐고!"

우주가 기다렸다는 듯 소리를 질렀다. 강아지가 다희의 품을 파고들며 몸을 떨었다.

"제발 그만하고 나가자."

"아니, 기다려봐."

우주는 입으로 튜브를 불기 시작했다. 튜브는 좀처럼 부풀어 오르지 않았다. 우주는 한쪽에 자리를 잡고 앉아 튜브와 싸우듯이 막무가내로 애를 썼다. 다희는 우주를 지켜보고 있기가 힘들었다. 다희가 반했던 스물둘의 우주는 이젠 완전히 없었다.

다희는 중국 하얼빈의 대학에 교환학생으로 있을 때 우주를 만났다. 외국 학생은 의무적으로 들어야 하는 중국어 수업에서 우주는 파키스탄에서 온 알리의 옆에 앉는 학생이었다. 한국 학생들이 알리를 두고 테러리스트라고 부르며 피해도 우주는 아랑곳하지 않았다. 군대를 갔다 온 남학생들이 우주에게 군대는 언제 갈 거냐고, 군대를 안 갔다 와서 겁이 없다고 비아냥거렸지만 우주는 그저 웃고 말았다.

여름이 되자 노상에 있는 식당에서 양꼬치와 하얼빈 맥주를 마시며 저녁 시간을 보내는 학생이 늘어났다. 중국 학생들은 기숙사에 통금 시간이 있었기 때문에 늦도록 떠들며 술을 마시는 무리는 대체로 한국인들이었다. 식당 위층에 사는 사람들이 험악한 말을 내질렀고, 그래도 새벽까지 술을 마셔대자 누군가가 아래로 유리병을 던졌다. 양꼬치를 먹고 있던 한국 학생의 발 옆에 유리병이 떨어져 산산조각 났다.

한국 학생들 사이에 소문이 퍼져 모두 그곳에 더 이상 가지 않을 때, 우주가 혼자 노상에 앉아 양꼬치를 먹고 있었다. 다희는 슈퍼에 갔다가 기숙사로 들어가는 길이었고 우주가 유리병 사건을 모르는가 보다, 어쩌지 망설이다가 말을 걸었다.

"여기 위험해. 위에서 유리병을 던져서 머리에 맞을 뻔했대."

우주가 슬며시 웃으며 대꾸했다.

"알아."

"아는데 왜 여기서 술을 마셔?"

"시끄럽게 안 하면 돼. 이 식당 양꼬치가 진짜거든. 먹어 볼래?"

우주가 조용히 손을 들어 점원을 불렀다. 그러곤 점원의 귀에 대고 작은 목소리로 속삭이며 양꼬치와 맥주를 추가로 주문했다. 다희는 건물 위를 흘끔거리며 우주가 따라준 맥주를 마셨다. 양꼬치를 먹어본 다희는 저도 모르게 감탄했다.

"맛있다!"

우주가 괜찮지? 하고 웃으며 또 손만 들어 점원을 불렀다. 점원이 우주에게 귀를 가까이 대는 모습이 재미있어 다희는 숨죽여 웃었다. 그 후로 종종 우주와 다희는 노상에서 양꼬치를 먹었다. 여름의 하얼빈은 백야로 자정이 지나도 대낮처럼 밝았다. 고도가 높은 곳의 하늘은 조금 더 멀리 있어, 앉아 있든 서 있든 밖에서라면 가슴이 탁 트였다. 다희는 우주와 자주 숨죽여 웃었고 가끔 누구에게도 하지 못했던 이야기를 했다. 둘 다 외동이라거나 부모님이 이혼했다거나 하는 공통점을 알고 나서는 피할 수 없이 가까워졌다. 말을 하지 않고 각자 휴대전화를 보다가 하늘을 보다가 누군가 유리병을 던졌다는 건물 위층을 올려다보기도 했다. 한국에 돌아오자 그 시간이 많이 그리웠고, 우주와 사귀게 된 것도 그때를 잊지 못해서일 거라고 다희는 종종 생각했다.

우주가 먼저 한국으로 갔고 다희는 한 학기 더 하얼빈에 머물렀다. 육군으로 입대한 우주가 하얼빈으로 편지를 보냈다. 생활관에서는 작은 소리에도 잠을 깨게 된다고, 밤새 뒤척이다 겨우 눈을 붙이면 일어날 시간이고, 한 명이 제때 일어나지 못하면 다 같이 얼차려를 받는데 일어날 시간에 일어나지 못할까 봐 잠을 자지 못하고, 잠을 제대로 잔 날이 언제인지 기억나지 않는다고 했다. 우주가 춘빙과 꼬치에 끼워 팔던 파인애플이 먹고 싶다고 해서 다희는 춘빙을 먹으러 갔다. 우주가 좋아했던, 기름에 튀긴 밀전병에 돼지고기볶음과 새콤하게 양념한 채소를 싼 춘빙을 먹은 뒤 맛이 어땠는지 편지에 썼다. 날이 추워져 파인애플 꼬치는 구할 수 없었고 대신 탕후루를 먹었다. 다희의 답장 이후 우주는 제대할 때까지 연락을 하지 않았다. 군인이었던 티가 나지 않을 만큼 머리가 자란 뒤에야 다희에게 문득 전화를 걸어 그동안 잘 지냈는지 물었다.

유니콘의 둥근 몸체 부분이 조금 부풀어 올랐다. 다희의 품에 있던 강아지가 내려오고 싶어 몸을 틀었다. 바닥에 내려주자 우주의 주위를 맴돌며 꼬리를 흔들었다. 강아지가 튜브에 몸을 비비다가 튜브를 물자 우주가 가쁜 숨을 몰아쉬며 강아지를 발로 밀었다. 강아지는 힘없이 나뒹굴었다가 곧바로 일어나 우주에게 덤벼들었다. 다희가 얼른 강아지를 품에 안았다.

"먼저 내려가 있을게."

우주는 튜브에서 입을 떼지 않고 가라고 손짓했다. 좁고 긴 수영장이 뒤뜰에 있었다. 소독약 냄새가 나는 물엔 날벌레가 떠다녔다. 수영장에는 그늘이 져 있었지만 공기가 뜨거워 금세 온몸에 땀이 맺혔다. 오래된 배설물에서 나는 악취가 더 강하게 느껴졌다. 다희는 산 쪽을 쳐다보다가 강아지를 품에 안은 채로 수영장 가장자리에 걸터앉아 물에 발을 담갔다. 타일에 물이끼가 껴 있었다. 미적지근하고 미끈거리는 물에서 수영을 하느니 더위를 먹더라도 밖에 있는 게 나을 것 같았다. 그때 주인이 찐 옥수수 두 개를 채반에 들고 왔다. 채반을 받을 손이 없어 허둥거리자 다희가 앉아 있는 자리 옆에 채반을 놓으며 주인이 말했다.

"이 집 양반 가고 나서 손님 안 받는데 우리 애들이 멋대로 등록했어요. 호스트인가 뭔가 무슨 말인지 모르겠지만 어쨌든 이렇게 된 거 쉬었다 가세요."

"아까 말씀해 주셨으면 좋았을 텐데……."

"두 사람 오기 삼십 분 전에 바비큐 숯 주면서 손님이 올 거라고 하잖아. 이미 오고 있는 사람들을 어떻게 가라고 하겠어요. 자꾸 손님 받으라고 해서 몇 번이나 싫다고 했거든. 집을 치우라는데 내 집을 가지고 왜 그러는지 모르겠어."

주인은 다희 옆에 무릎을 굽히고 앉아 강아지를 물끄러미 바라봤다.

"몇 개월 됐어요?"

"잘 모르겠어요. 두 달 정도?"

"물겠죠?"

주인이 강아지 입 앞으로 손가락을 내밀었다. 강아지가 물려고 하자 얼른 손을 움츠리고 주먹을 쥐었다. 처음 문을 열어줄 때보다 한결 표정이 부드러워졌지만 개를 좋아하지 않는 것 같아 다희는 주인 여자의 관심이 탐탁지 않았다.

"떠돌아다니는 개들이 불쌍한데 무섭기도 해요. 저 산에 주인 없는 개가 많아요. 한번 안아볼까?"

다희가 뭐라 대꾸하기 전에 주인 여자가 강아지를 들어 올렸다. 몸통을 붙잡고 공중으로 치켜들자 강아지가 애처롭게 울었다.

"그래, 내려와 봐. 얼마나 잘 뛰나 보자."

말릴 틈 없이 주인이 강아지를 내려놓았다. 강아지는 발이 땅에 닿자마자 잔디가 깔린 마당으로 뛰어갔다. 다희가 황급히 강아지를 뒤쫓아 갔다. 물이 마르지 않은 미끄러운 슬리퍼를 급하게 신다가 수영장 가장자리의 타일을 밟고 미끄러질 뻔했다. 햇빛이 내리꽂히는 뜨거운 마당에서 강아지는 멈춰 섰다 달아나며 다희의 손아귀에서 자꾸 빠져나갔다. 다희가 자리에 주저앉아 착하지, 이리 와, 하고 강아지를 불렀다. 강아지는 코를 킁킁거리며 잔디밭 가장자리에 있는 상추밭과 고추밭을 돌아다녔다. 주인은 뒤뜰의 그늘 아래에서 멀찍이 지켜보면서 아유, 저길 헤집으면 안 되는데, 했다. 다희는 고추밭 앞에 가서 허리를 숙이고 강아지를 잡으려고 애썼다. 밭을 밟지 않으려고 하다 보니 우스꽝스럽게 손을 허우적거리는 꼴이었다. 정수리가 뜨거웠고 래시가드는 땀으로 들러붙었다.

"뭐 해?"

우주가 흐물흐물한 유니콘 튜브를 팔에 끼고 뒤에 서 있었다. 눈살을 찌푸리고 있는 주인과 다희를 번갈아 보더니 강아지가 돌아다니고 있는 밭으로 갔다. 우주가 이리 오라고 사납게 말하자 겁에 질려 갈 데를 몰라 하던 강아지가 우주에게 붙잡혔다. 주인은 그제야 1층으로 들어갔다.

"잘 데리고 있었어야지."

우주가 강아지를 안은 채로 화를 냈다.

"그러니까 왜 말도 없이 데리고 와?"

"네가 키우고 싶어 했잖아."

"솜이 죽고 나서 다시는 못 키운다고 얘기했을걸?"

"아니, 다시 키워봐야 돼."

다희는 숨이 막혔다. 애써 마음을 가라앉히고 말했다.

"헤어져."

"너 다른 사람 만나?"

"우주야, 제발……."

우주가 다희의 손목을 잡고 수영장 쪽으로 끌었다. 다희
는 끌려가지 않으려고 버티다가 우주의 팔에 감겨 있는 강
아지가 숨이 막혀 헐떡거리는 것을 보고 몸에 힘을 뺐다.
수영장에 이르자 우주가 튜브를 수영장에 던져 넣었다. 유
니콘의 머리가 물에 잠기며 튜브가 비스듬하게 기울어졌
다. 다희가 지지 않고 우주를 노려보자 우주는 팔을 치켜들
었다가 화를 이기지 못하고 강아지를 튜브 위로 집어 던졌
다. 튜브 위에서 한 바퀴 나뒹군 강아지가 안절부절못하고
돌아다니다 다희와 우주를 쳐다보며 울었다.

"북한 땅 구경한다고 압록강 간 적 있었잖아."

다희가 수영장 가운데로 떠내려가는 튜브에서 눈을 떼
지 않고 말했다.

"강 건너에서 북한군이 나타나자마자 수호 오빠가 완전
히 공포에 질려서 보트 바닥에 엎드렸어. 너랑 나랑 어리둥
절해하면서 웃었지. 그때 오빠가 그랬어. 진짜 총이야. 웃
지 마."

"수호 형이랑 연락하고 지내?"

"나는 다 큰 남자가 공황에 빠질 정도로 겁에 질린 걸 그때 처음 봤어. 진짜 총을 들고 있는 북한군보다 수호 오빠가 더 무서웠어. 쟤, 지금 겁에 질렸잖아."

구슬픈 울음소리를 내며 안절부절못하던 강아지가 튜브 가장자리로 기어오르더니 한순간 물로 뛰어들었다. 우주가 짧은 욕설을 내뱉고는 허우적거리는 강아지를 건졌다. 물에 젖어 분홍색 피부가 고스란히 보이는 강아지가 바들바들 떨며 다희에게 안겼다. 다희가 강아지를 품에 안고 일어서자 우주는 물에 젖은 머리를 쓸어 넘기며 대문 밖으로 나갔다.

"어디 가?"

거칠게 문을 닫는 소리가 났다. 다희는 2층으로 올라와서 드라이기를 꺼내 강아지의 털을 말렸다. 뜨거운 드라이기 바람을 맞으면서 강아지는 계속 몸을 떨었다. 사료를 한 줌 꺼내 물에 불려서 줬다. 샤워를 하는 동안 우주가 들어오는 소리가 났다. 서른한 살의 다희가 스물여섯이 될 수 없는 것처럼 우주도 그랬다. 다희는 래시가드의 물기를 몇 번이나 눌러 짜며 우주는 없다고 중얼거렸다. 엄마는 할머니와 아빠의 폭언에 메말라 버렸다. 메마른 사람이 사랑한다는 사람에게 주는 건 날카롭게 벼려진 가시로 찌르는 상처뿐이었다.

우주가 거실 바닥에 앉아 소주병을 늘어놓고 병째로 마시고 있었다. 다희가 가방을 들고 우주 앞에 섰다.

"갈게."

"저녁만 먹고 가."

"아니, 그만해."

"엄마가 삼계탕 끓여서 보냈어. 엄마는 우리 결혼하는 줄 아는데 다 버릴까, 그러면?"

우주가 현장으로 떠나기 전에 우주와 다희는 크게 다퉜다. 우주를 보러 온 우주 엄마 앞에서 싸운 기색을 감출 수 없었는데, 우주가 자리를 비운 사이 우주 엄마가 다희의 손을 잡고 말했다. 우주가 속 썩이면 헤어지라고, 우주 아빠하고 더 빨리 이혼하지 못하고 우주 중학교 때까지 같이 살았던 게 우주한테 내내 미안했다고. 그런 말을 듣고 나자 우주와 더 헤어질 수 없었다.

"너네 엄마가 언제든 헤어지라고 했어."

우주가 울컥한 목소리로 "알아" 하고 대꾸했다. 우주도 그러면 안 된다는 걸 알았다. 언제부턴가 화가 나면 다른 사람이 되어버리는 것 같다고 했다. 다희는 온화했던 우주를 알아서, 우주가 군대에서 힘든 시간을 보냈다는 걸 알아서 이해하려 애썼고 원래의 우주로 돌아올지 모른다고 기대하기도 했다.

우주는 소주 두 병을 비우고 소파 아래에 몸을 웅크리고 잠이 들었다. 차라리 다행이었다. 우주는 술에 취하면 별다른 주정 없이 잠을 자는 편이었다. 다희는 주인에게 불을 피워달라고 말하고, 녹아서 국물이 생기기 시작한 삼계탕을 전자레인지에 데웠다. 삼계탕 냄새를 맡고 강아지가 다희 주위를 맴돌았다. 강아지를 바비큐장 식탁에 묶어놓고 우주를 깨웠다. 술이 오른 우주는 갈게, 하더니 다시 웅크리고 누웠다.

소고기 등심과 돼지고기 삼겹살, 양갈비가 먹기 좋게 소분되어 있었다. 반찬 통에 담아 온 양송이버섯과 소시지를 화로에 올리고 고기를 종류별로 다 구웠을 때 우주가 휘청거리면서 내려왔다.

"치즈 있어, 츠지 구어."

발음이 뭉개져 아무렇게나 말하는 우주가 강아지를 발견하곤 안아 들었다.

"그냥 그만두고 올까? 현장에 있다고 전부 정규직 되는 게 아니래. 너랑 나랑 엄마도 없고 엄마가 진 빚도 없고 소장 새끼도 없는 데 가서 살까? 응?"

강아지가 몸을 틀며 우주의 품에서 빠져나오려고 낑낑

거렸다. 우주가 고기 하나를 집어 강아지 앞에 내밀었다. 강아지가 허겁지겁 입에 물었다가 씹지 못하고 뱉어내자 우주가 소리를 질렀다.

"먹어, 먹으라고! 금 같은 고기를 누가 뱉어! 먹어!"

우주가 고기를 강아지 입 안으로 억지로 밀어 넣었다. 다희는 겁에 질린 사람이 되고 싶지 않았다. 겁에 질리면 누구를 해치게 될지 알 수 없었다.

"우주야."

우주가 대답을 하지 않아서 다희는 울었다.

"우주야, 누가 너한테 그랬을까?"

시뻘겋게 달아오른 우주는 다희의 말을 듣지 못했다. 숨을 쉬지 못하는 강아지의 입에 고기를 쑤셔 넣기만 했다. 다희가 강아지를 빼앗아 안았다. 우주가 식탁 위로 고꾸라졌다. 고기 접시에 코를 박고 입으로 고기를 물더니 소리를 질렀다. 욕을 하다가 웃다가 노래를 불렀다. 니 원 워, 아이 니 요 뚜어 션, 워 아이 니 요우 지 펀. 왕가위 감독 영화를 좋아해서 중국어를 배우러 하얼빈에 갔던 우주는, 공대생이었지만 낮게 울리는 목소리로 중국어의 2성과 3성을 누구보다 잘 발음했던 우주는 팔을 휘두르며 걸어가다 뜨거운 화로 위로 넘어질 뻔했다. 다희는 우주의 팔을 어깨에 둘러멘 채 2층으로 끌고 올라갔다. 우주를 겨우 소파에 눕힌 다음 다희는 차 키와 가방을 챙겼다. 거울을 보고 흐트러진 머리를 다시 묶었다. 우주의 팔꿈치에 맞은 광대뼈 부근이 시큰거렸다.

바비큐장으로 가자 식탁 아래에 가슴 줄만 남아 있을 뿐 강아지가 없었다. 삼계탕 국물과 찹쌀 덩어리가 식탁에서 바닥으로 흘러내리고 있었다. 다희는 마당을 살피고 수영장을 돌아보았다. 깜깜한 수영장에 바람이 빠진 튜브가 떠 있었다. 유니콘의 머리 부분과 몸통의 절반이 가라앉아 머리가 잘린 동물의 사체가 떠다니는 것 같았다. 열기가 식지 않은 후덥지근한 바람에 악취가 실려 왔다. 어딘가에서 오물이 썩고 있었다. 1층 현관을 한참 두드리고 불러도 주인은 나오지 않았다.

마당으로 가 1층 창문을 봤다. 불이 전부 꺼져 있었다. 인기척이 전혀 없었다. 문을 다시 두드리다가 다희는 2층으로 올라갔다. 2층 현관의 불빛이 1층과 연결된 목재 계단을 어스름하게 밝혔다. 아래층에서 나지막한 신음 소리가 들렸다. 커튼을 걷고 1층으로 내려갔다. 계단을 다 내려가선 작게 헛기침을 했다. 코를 찌르는 듯한 악취가 1층을 떠돌고 있었다. 속 깊은 곳에서 짐승이 그르릉거리는 소리가 들렸다. 짧은 복도를 손으로 더듬어 지나가자 주택가 가로

등 불빛이 거실을 희미하게 비추고 있었다. 거실 불을 켰다. 가구 하나 없이 텅 빈 거실 바닥에 똥이 널려 있었고 말라붙은 오줌 자국이 있었다. 부엌의 냉장고 옆에 커다란 사료 포대가 기대어져 있었다. 거실 옆 방문을 열었다. 검은색 자개장이 놓인 방에 이불이 깔려 있었는데 물어뜯기고 해진 이불에도 똥이 말라붙어 있었다. 위층과 다르게 부엌 옆에 방이 하나 더 있었다.

방문을 열자 번뜩이는 눈동자들이 달려들었다. 비쩍 마른 개들이 안전망이 설치된 문으로 사납게 몰려들어 짖는 시늉을 했다. 열댓 마리의 개가 한꺼번에 달려들었는데 제대로 소리를 내는 개가 없었다. 진돗개의 품종이 섞인 것처럼 보이는 개 한 마리가 안전망에 머리를 들이박다가 이빨로 철망을 갉았다. 눈동자가 희게 변한 개가 다른 개의 얼굴을 물어뜯었다. 푸들의 품종이 섞인 갈색 개는 꼬리를 흔들었다. 소형견들이 종이 박스가 깔려 있는 구석에 모여 있었다. 그 가운데 우주가 데려온 몰티즈가 귀에서 피를 흘리고 있었다. 잠깐 사이에 털이 엉키고 피가 묻어 전혀 다른 강아지처럼 보였다. 강아지가 다희를 알아보고 울기 시작했다. 다희는 안전망에 손을 댔다가 커다란 개가 이빨을 드러내며 사납게 들이박는 바람에 뒤로 물러섰다. 다리를 저는 녀석과 빼빼 마른 몸에 배만 풍선처럼 부풀어 오른 녀

석들이 소형견 주변을 어슬렁거렸다. 다희가 어쩌지 못하고 문을 닫으려고 하자 강아지가 고개를 들고 다희를 쳐다봤다. 아니야, 오지 마! 다희가 소리를 지르자 흥분한 개들이 안전망으로 달려들었다. 강아지가 조심스럽게 걸어 나오다가 다희를 향해 달렸다. 다희는 차마 볼 수가 없어 눈을 가리고 방문 앞에 주저앉았다. 다희의 품에 숨을 헐떡이는 작은 몸이 뛰어들었다. 강아지는 가쁘게 숨을 쉬며 낮게 울었다. 다희는 손가락으로 강아지의 머리를 쓰다듬으며 울음을 참았다. 괜찮다는 말을 함부로 할 수 없어서 그저 강아지를 단단히 끌어안았다.

다희는 2층으로 올라가 온몸을 떠는 강아지를 수건으로 싸서 끌어안았다. 우주가 간간이 잠꼬대를 하며 소리를 질렀는데 누군가에게 자꾸 용서를 빌었다. 1층 문이 열리고 닫히는 소리가 들렸다. 다희는 강아지를 이동 가방에 넣고 잠깐만 기다려 달라고 속삭였다. 숨을 가다듬고 1층 현관 앞에 섰다. 문을 두드리자 주인이 나왔다.

"필요한 거 있어요?"

"강아지 못 보셨나 해서요."

주인이 설핏 미소를 지었다.

"강아지? 못 봤는데."

"어디로 갔는지 없는데 같이 찾아봐 주시면 안 될까요?"

"밖으로 나갔으면 못 찾아요. 제 발로 나간 걸 왜 찾아요?"

다희는 입이 바싹 마르는 것을 느끼며 물었다.

"돌아오면요?"

주인이 조금 망설이다 말했다.

"내가 돌봐줄게요. 애들이 싫어하고 병원 가자는 소리를 해도 어쩔 수가 없네."

"개를 좋아하세요?"

"요즘 같은 때엔 사람보다 낫지. 병들지 않은 사람이 없으니까. 아, 바비큐장은 그대로 둬요. 보여주고 나면 이제 손님 받으라고 안 하겠죠. 리뷰 쓰는 데가 있다면서요? 개가 없어졌다는 것도 꼭 써줘요."

주인이 문을 닫으려고 할 때 다희는 그제야 주인의 팔이 베이고 긁힌 상처투성이인 걸 봤다. 다희가 문을 잡으며 말했다.

"위에 있는 남자가 강아지를 찾으면 없어졌다고 말씀해 주시겠어요?"

주인이 영문을 모르겠다는 표정을 지었다.

"먼저 가보려고요. 부탁드려요."

주인이 그제야 천천히 고개를 끄덕였다. 자애로운 얼굴 같기도 하고 불만에 가득 찬 얼굴 같기도 했다. 다희는 주인이 어떤 마음인지 짐작하기 어려웠다.

2층으로 올라가 이동 가방을 들고 나왔다. 튜브가 가라앉은 수영장에서 검은 물이 출렁였다. 바람이 불 때마다 악취가 코끝을 스쳤다. 달 없는 밤이었다. 이제 정말 돌아갈 수 없다는 걸 알 수 있었다. 휴대전화 번호를 바꾸고 이사를 해야 했다. 새로운 직장을 알아보고 SNS를 탈퇴하고 우주와 공통으로 알고 지내던 지인들과 연락을 끊고, 말끔하게 사라지고 난 뒤의 생활을 떠올려 봤다. 우주에 대해 어느 누구에게도 말하지 않게 된 때에도 종종 튜브가 잠긴 수영장의 서늘함이 느껴질 것 같았다. 강아지가 이동 가방 안에서 작게 울었다. 다희는 강아지가 우는 게 마음이 아팠고 마음이 아파서 다행이라고, 어디든 같이 가자고 중얼거렸다.

●

검은 일

검은 일
미발표작

허기진 개가 빌라 사이의 좁은 골목을 돌아다녔다. 어스름한 가로등 불빛 아래로 정체된 대기에 쌓인 희부연 입자가 부유했다. 개는 음식물 쓰레기통을 기웃거리며 잔뜩 긴장한 채 경계를 늦추지 않았다. 리딩방의 한강요트는 지난해 겨울, 핏불테리어에게 물려 피부가 뜯겨 나갔다고 했다. 시훈은 얇은 패딩의 지퍼를 목까지 끌어 올리고 개의 눈치를 살피며 골목을 천천히 걸어 나왔다. 개가 숨을 거칠게 들이쉬며 낮게 으르렁거렸다. 진돗개의 피가 반쯤 섞인 듯한 개의 몸엔 피딱지가 군데군데 앉아 있었다. 시훈이 소리를 지르며 발로 차는 시늉을 하자, 개가 꼬리를 내리고 골목 밖으로 달아났다.

앱으로 부른 택시가 시훈이 있는 큰길 근처 골목을 헤매고 있었다. 시훈은 끌어 올린 패딩에 코를 박았다. 이제 정말 돈이 없었다. 대출은 쓸 수 있는 데까지 전부 썼다. 코인으로 일 억 넘게 벌었던 게 불과 몇 달 전인데, 전쟁이 나고 수익이 고꾸라지기 시작하더니 투자했던 코인 몇몇은 상장 폐지가 되어버렸다. 매캐한 공기에 뒤섞인 음식물 쓰레기 냄새에 속이 울렁거렸다. 입가에 말라붙은 침을 손가락으로 훑었다.

시훈이 찾아갈 때마다 아버지는 욕조에 들어가 물속에서 나오지 않았다. 거실에 버티고 앉아 아버지를 기다리며 각종 거래소와 OTT의 세계를 부유하는 동안 아버지는 젖은 몸으로 물에 앉아 있었다. 아버지는 새파래진 입술로 온몸을 떨며 돈이 없다고 호통쳤다. 아버지가 가진 재산을 머릿속으로 굴리다가도 바짝 쪼그라든 아버지의 성기를 보면 물러나게 되었다. 거대했던 그것은 작아지다 못해 곧 사라져 버릴 것 같았다. 아버지의 몸은 예상보다 더 작고 늙어 있었다. 마땅한 벌이 없이 근근이 생활해 나가는 돈을 가져갔다가는 안 먹고 안 쓰고 몸을 줄이다 덜컥 죽게 될까 봐 겁이 났다. 아버지는 라면만 끓여 먹다가 시훈이 오면 밥을 지었다. 그래도 아버지는 본인이 누리는 것보다 더 좋은 것을 시훈에게 주려고 하는 사람이었다.

택시가 반대편 차선으로 느리게 와서 섰다. 차를 돌려달라고 팔을 휘젓다가 이내 도로를 건너갔다. 일요일 새벽 2시였다. 흰머리를 짧게 깎은 택시 기사는 피로한 얼굴로 말이 없었다. 시훈은 김 부장에게 야간조 일을 달라고 했다.

"야간조? 다시 하겠다고?"

김 부장이 눈을 가늘게 뜨고 되물었다.

"돈만 많이 주시면 무슨 일이든 상관없습니다!"

시훈이 배에 힘을 주며 싹싹하게 말했다. 그땐 정말 그랬다. 돈만 벌 수 있으면 무슨 일이든 상관없었다. 다시 투자하면 지금까지 잃은 돈보다 더 큰 돈을 벌 자신이 있었다. 반드시 올라갈 코인을 알고 있었고 저가에 사지 못하는 게 안타까워 차트를 보며 앓았다.

택시 기사가 틀어놓은 라디오에서 익숙한 목소리가 흘러나왔다. 가느다란 미성의 마이클 잭슨. 이왕이면 「빌리진」이나 「댄저러스」면 좋았을 텐데, 이 시간에 어울리는 노래는 하필이면 「힐 더 월드」였다. 정말로 노력한다면 슬퍼할 이유가 없다는 가사가 흘러나올 때 입술을 지그시 깨물었다. 전부 개소리였다. 아픔이나 상처가 없는 곳이 도대체 어디에 있겠는가? 세상을 보듬어 더 나은 곳으로 만들어가라니…… 세상은 점점 더 나빠질 게 뻔하고 희망 따윈 없다고 생각했으니 더 이상 춤추지 않고 어린아이들과 고개만 끄덕였겠지.

택시 기사가 시훈을 돌아보며 헛기침을 했다. 제일건설 중기 주차장이었다. 시훈은 고등학교를 졸업하자마자 면허를 땄다. 반년 전 일을 그만두고 나갈 때는 수익이 좋았고 돈이 돈을 벌어들이는 자본가로 살 수 있을 줄 알았다. 워홀이 아닌 여행으로 호주에 다시 다녀오고 싶었다. 미친 늙은이가 전쟁을 일으키지만 않았다면 이렇게 빨리 운전대를 잡으러 올 일은 없었을 것이다.

시훈은 페이로더에 타지 않고 주차장을 한 바퀴 돌았다. 25톤 덤프트럭 앞에 서자 철근콘크리트 벽이 허리를 굽힌 채 시훈을 내려다보고 있는 것 같았다. 기껏 고철 덩어리에 불과하면서 사람을 내리누르려는 꼴이라니. 허리 높이까지 올라오는 덤프의 바퀴를 발로 걷어찼다. 거센 발길질에도 흠집 하나 나지 않았다. 발판을 타고 올라 운전석 문을 잡아당겼다. 문은 오늘도 열리지 않았고, 시훈은 무게 중심을 잃고 바닥으로 떨어졌다.

2주 전과 같은 곳으로 가야 했다. 기괴한 소리를 내는 그것들이 떠올라 저도 모르게 몸서리쳐졌다. 시훈이 김 부장에게 작업장에 짐승들이 있는 것 같다고 얘기하자 김 부장은 욕을 퍼부었다. 불빛이나 소리가 새나가지 않도록 조심하라고 했는데, 문을 열고 작업한 것을 스스로 고백한 셈이었다. 꽁꽁 갇혀서 소리 하나 내지 않고 작업하겠다고 거듭

약속한 뒤에야 다시 일을 받을 수 있었다.

손바닥에 붙은 모래를 떼어 내고 페이로더의 운전대를 잡았다. 레버를 잡아당기자 길고 평편한 삽 모양의 버킷이 천천히 위로 솟구쳤다. 페이로더의 암이 최고 높이까지 올라가도록 레버를 잡아당긴 손에서 힘을 풀지 않았다. 버킷을 들어 올려 시야를 가렸다. 다시는 잡고 싶지 않았던 운전대를 잡고 있는 자신이나 버킷을 치켜든 로더의 꼴이나 전부 우스꽝스러웠다. 시훈은 고속도로에 들어가기 전까지 앞이 잘 보이지 않는 채로 고래고래 「힐 더 월드」를 불렀다.

좁은 길로 들어서자 포장이 되지 않은 도로에 바퀴가 걸려 차체가 심하게 흔들렸다. 작은 밭들 사이로 찌그러진 드럼통이 아무렇게나 쌓여 있고, 끝이 뾰족한 합판과 문짝이 떨어진 냉장고, 펄럭이는 비닐에 뒤덮인 쓰레기 더미가 길 위에 널려 있었다. 속도를 낮춰 하나를 피하면 스티로폼 더미가, 또 하나를 피하면 각종 플라스틱 쓰레기가 바퀴에 밟혔다. 도착지 부근에 컨테이너가 여러 개 놓여 있었다. 어슴푸레한 빛이 새어 나오는 뒤쪽으로 차를 몰았다. 2.5톤 덤프트럭이 샌드위치 패널을 이어 붙여 만든 공장 건물 앞에 전조등을 켜놓고 있었다. 덤프 기사가 차에서 뛰어내려

공장 문을 밀어젖혔다. 지난번엔 일감을 한쪽으로 밀어놓기만 했는데 이번엔 덤프에 실어 처리하는 것까지라고 했다. 일당이 두 배였고, 김 부장은 이번 일을 잘 끝내면 다음에 세 배짜리 일을 주기로 약속했다.

기둥 하나 없는 광활한 공간에 반짝이는 회백색의 가루가 봉분처럼 여러 군데 솟아 있었다. 차창을 내리자 매캐하면서 습한 공기가 운전석 안으로 밀려들었다. 눈앞이 깜깜해지며 현기증이 돌았다. 패딩 지퍼를 내리고서야 숨통이 트였다. 시동을 끄고 잠깐 숨을 고르며 앉아 있다가 덤프 기사가 서 있는 공장 밖으로 나갔다.

불빛 아래 드러난 덤프 기사의 얼굴에 주름이 가득했다. 여든? 여든다섯? 시훈이 나이를 가늠하며 멀뚱히 서 있자 덤프 기사가 기침을 하더니 덩어리진 가래를 시훈의 발치에 뱉었다. 시훈이 소스라치며 발을 빼자 덤프 기사가 비웃는 듯한 표정을 지었다. 이런 사람 때문에 시훈은 현장이 싫었다. 현장 사람들은 아무렇게나 소리 지르고 화를 내고 어떻게든 약점을 잡아 자기 아래에 두려고 들었다. 괜한 말썽에 휘말리지 않으려고 고개를 숙이면 사내답지 않다고 시비였다. 모든 인류와 인종을 사랑하는 마음 따위는 현장에 없었다. 시훈은 한 번 더 시비를 걸면 주먹을 날릴 기세로 덤프 기사를 노려보았다. 덤프 기사가 재미있다는 듯 웃으며 말했다.

"밤이 짧아. 빨리 시작하지."

"일만 하시죠, 어르신."

덤프 기사가 시훈을 달래듯 손을 들어 보이고 차 쪽으로 돌아섰다. 덤프는 후진과 전진을 반복했다. 한두 번이면 끝날 일을 십여 차례나 반복하다가 겨우 공장 문 앞에 자리를 잡았다. 눈이 잘 보이지도 않는 노인네를 끌고 온 건가? 날이 밝기 전에 끝내야 일당을 받는데, 작업이 순탄하지 않을 것 같았다. 덤프 기사는 차를 세우고 나서도 전조등을 끄지 않았다. 시훈이 문을 두드리자 덤프 기사가 조수석 차창을 내렸다.

"시동 끄셔야죠."

"산을 넘어야 마을이야. 일이나 시작해."

"그래도 누가 오면……."

"아무도 안 온다는 데 내 손목을 걸지. 쓰레기가 넘쳐서 노인네 버리러도 안 온다니까!"

덤프 기사는 재미있는 농담을 했다는 듯 낄낄거렸다. 그러곤 의자를 뒤로 젖히고 담요를 뒤집어썼다.

"다 싣고 나서 불러. 냄새가 고약해 돌아가시겠네. 자네가 문을 열지만 않으면 살아 있을 테니 일이나 하라고."

덤프 기사가 차창을 올리고 보란 듯 돌아누웠다. 로더를 몰고 처음 현장으로 나섰을 때 같은 조였던 덤프 기사가 떠올랐다. 그 사람은 시훈의 피부가 하얗다는 이유로 지저분한 농담을 일삼았는데, 시훈이 조를 바꿔달라고 요청하자 하루 종일 차에 실었던 모래를 쏟아부어 버렸다. 그 사람도 노인처럼 이해가 되지 않는 농담을 하고 혼자 낄낄거리며 웃었다. 시훈은 돌아서며 오늘 일당을 받고 나면 다시는 운전대를 잡지 않으리라 다짐했다.

세 배? 코인으로는 백 배를 벌 수 있었다. 운전석에 앉아 거래소 앱을 열었다. 점찍어 놓았던 코인이 붉은색으로 반등을 시작했다. 마음이 조급해졌다. 큰 손해를 보고 있던 코인 몇 개를 정리했다. 그 순간에도 숫자가 빠르게 바뀌었다. 덤프에서 클랙슨을 울렸다. 시간을 잡아먹은 게 누군데 재촉이라니! 입에서 욕이 절로 나왔다. 축축해진 손으로 매수를 눌렀다. 3퍼센트, 5퍼센트 올라가는 것을 보자 오늘의 일당이 없어도 될 것 같았다. 10퍼센트로 치솟는 것을 보았을 때, 덤프가 다시 한번 클랙슨을 울렸다.

시훈은 애써 마음을 가라앉혔다. 단타로 사고팔고 하다가 많이 잃었다. 오르기 시작하면 쭉 갈 테니 이틀은 두고 봐야 했다. 일당을 받아 덤프 기사에게 던져주는 상상을 하니 슬금슬금 웃음이 났다. 노인은 코인이라는 게 존재하는지도 모를 것이다. 지금까지도 몸을 써서 돈을 버는 것

밖에 모르는 노인이 처량하기까지 했다. 13퍼센트로 올라
간 것을 확인하고 로더를 몰기 시작했다.

버킷을 가장 앞에 있는 가루 더미에 밀어 넣었다. 버킷을
올리자 버킷 밖으로 가루가 흘러내리며 연기가 피어올랐
다. 버킷에 담긴 가루의 양이 생각보다 적었다. 흙이나 곡
물과 달리 가루는 버킷 위에 완만하게 쌓여 계속 흘러내렸
다. 톡 쏘는 듯 매캐한 냄새가 눅진한 공기와 함께 들러붙
었다. 같은 작업을 여러 차례 반복하다 보니 온몸이 땀에
절어 축축해졌다.

김 부장은 오래전부터 검은 일 브로커였다. 현장에서 가
장 곤궁해 보이는 사람에게 접근해 검은 일을 소개하고 수
수료를 챙겼다. 아버지 또래였던 하씨 아저씨는 몇 푼 더
준다고 일 받으면 안 된다고, 김 부장이 소개한 일을 한 사
람들은 전부 온몸이 까매져서 죽었다고 겁을 줬다. 그런 하
씨 아저씨도 새까만 얼굴로 밤새 일하고 피를 토했다.

재채기와 눈물이 나오고 머리가 지끈거렸다. 살충제가
되거나, 단열재에 섞이거나, 또는 무엇이 되는지 알 길조차
없는 불량한 가루가 수없이 많았다. 발암물질로 분류돼 사
용이 금지된 가루는 어딘가에 늘 쌓여 있었다. 페이로더는
응집되지 않아 포크레인으로 퍼내기 힘든 가루를 옮겼다.

일을 그만두고 나오기 바로 직전에는 가루와 목이 비틀어진 실험용 흰쥐의 사체를 치웠다. 검은 일을 하고 나면 온종일 발밑에서 가루가 우글거렸다. 길을 가다가 흰쥐 떼와 마주쳐 입간판을 들고 휘두른 적도 있었다. 옆에 있던 친구가 벌벌 떠는 시훈을 보고 쥐가 아니라 도로에 그려진 차선이라고, 힘으로 입간판을 빼앗고 나서야 정신이 들었다.

어디선가 찍찍거리는 소리가 들려오는 것 같았다. 시훈은 패딩을 벗어 조수석에 던져놓고 버킷을 올리고 내리는데 집중했다. 흘러내리는 가루 사이엔 분명 아무것도 없었다. 같은 작업을 여러 차례 반복하고 난 다음에야 버킷에 가루가 얹어졌다. 덤프에 가루를 쏟아야 하는데 차가 자꾸 어긋났다. 식은땀이 난 손을 바지에 닦고 숨을 골랐다. 헤드를 꺾을 공간이 없었다. 덤프를 앞으로 빼야 방향을 바꿀 수 있었다. 시훈이 창밖으로 팔을 내밀어 차를 빼달라고 손짓했다. 덤프는 움직이지 않았다. 클랙슨을 울려도 반응이 없었다. 시간이 무섭게 흐르고 있었다. 노인네가 귀까지 먹었나? 중얼거리며 차 문을 열자 매캐한 공기가 후끈 밀려들었다. 사방에서 가루가 휘날렸다. 위험을 무릅쓰고 가루 속으로 들어가느니 일단 쏟아붓는 편이 나을 것 같았다.

버킷을 내리자 연기가 피어올랐다. 가루의 절반은 트럭에 실렸지만 절반은 바닥에 떨어져 봉긋하게 쌓였다. 로더가 덜컹거릴 때마다 가루가 버킷에서 흘러내렸고, 여러 차례 반복해도 좀처럼 덤프에 실리는 양이 늘지 않았다. 바람이 불며 기온마저 뚝 떨어져 레버를 잡은 손의 감각이 무뎌졌다. 첫 번째 가루 봉분의 절반 정도를 덤프에 옮겨놓았을 때, 덤프 기사가 차에서 내렸다. 몸을 잔뜩 움츠린 채 주위를 두리번거리더니 공장 뒤쪽으로 걸어갔다. 시훈이 노인을 불러 세웠다.

"어디 가십니까?"

노인이 한쪽 팔로 얼굴을 가리며 인상을 잔뜩 찌푸린 채 대꾸했다.

"일 보고 올 테니 빨리 실으라고!"

"차를 맞춰주셔야지요, 어르신."

"요령껏 하란 말이야, 요령껏!"

덤프 기사가 연이어 기침을 했다. 기침을 할 때마다 고통스러운 듯 허리를 숙이며 얼굴을 일그렸다. 시훈은 기운이 쭉 빠졌다. 노인의 기침 소리가 멀어진 뒤 거래소 앱을 열었다. 현재가가 수익률 37퍼센트까지 치솟아 있었다. 매도를 누르려다가 노인이 사라진 쪽을 바라보았다. 이곳으로 돌아오지 않기 위한 시드 머니로는 턱없이 부족했다. 애써 차트에서 눈을 떼고 로더를 더 빠르게 움직였다.

바람이 공장 안으로 휘몰아쳐 들어올 때마다 제각기 크기가 다른 벽면의 패널이 흔들렸다. 가장 앞에 있던 가루 봉분을 반쯤 옮겼다. 그 뒤로 두 개의 가루 더미가 더 있었다. 가루 더미는 아래로 흘러내리며 자꾸만 모양을 바꿨다. 마치 살아 있는 것처럼 움직였기 때문에 시훈에게는 자신보다 가루가 더 실재하는 것처럼 느껴졌다. 로더의 속력을 높여 버킷을 가루 더미에 꽂았다. 어디선가 그르릉 낮게 신음하는 소리가 들렸다. 버킷을 올렸다 다시 꽂자 짐승의 소리가 똑똑히 들렸다.

손에 땀이 맺혔다. 2주 전에 들었던 그 소리였다. 우는 게 아닌 위협하듯 신음하는 소리. 여러 마리가 모여서 내는 소리였고 작업 막바지부터 하나로 높게 쌓은 가루 더미 뒤에서 들려왔다. 가루를 쏟아부을 때마다 소리가 거세어졌기에 서둘러 일을 마치고 공장을 돌아 나왔다.

나지막이 작은 소리를 내고 있지만 분명 그때와 같은 놈이었다. 시훈은 작업을 멈추고 창문을 열었다. 눈이 따끔거리며 재채기가 나왔다. 가루 더미 뒤로 흐릿한 형체 하나가 움직이는 게 보였다. 느리게 기어가는 폼이 웬만한 개나 고양이보다 컸다. 운전석 문을 열었다가 닫았다. 나가서 본다고 달라질 게 없었다. 시간만 지체될 뿐이다. 마음을 다잡고 버킷을 가루에 밀어 넣었다. 그놈이 날카롭게 울부짖었

다. 차를 멈추고 창문 밖으로 고개를 빼서 살폈다. 두 눈을
번뜩이며 그것이 앞으로 기어 나왔다. 머리가 작고 입이 뾰
족했는데 들개보단 고라니와 닮아 보였다. 송곳니가 입 밖
으로 나와 있었고, 다리가 가늘고 꼬리가 짧았다. 금방이라
도 달려들 것처럼 몸을 낮추고 위협적으로 으르렁거리는
게 언젠가 다큐멘터리에서 본 하이에나 같기도 했다. 차 쪽
으로 기어 나오던 그것이 갑자기 고개를 좌우로 세차게 흔
들었다. 제 몸통을 입으로 물며 가루에 대고 몸을 비볐다.
발작적으로 가루 속으로 파고 들어가려는 그것을 바라보
다 버킷을 들어 올렸다. 가루 더미로 다가가자 그것이 날카
롭게 소리를 질렀다. 그것은 로더 주위를 천천히 맴돌다가
또 가루 더미에 머리를 박고 몸을 비볐다.

　작업을 계속할 방법이 없었다. 차를 몰아 덤프 앞에 댔다.
그것이 따라붙지 않았는지 살핀 다음 차 안에 휘두를 만한
게 없나 찾았다. 점심을 먹고 부러뜨려 놓은 나무젓가락이
다였다. 부러진 면이 날카로운 걸 보고 주머니에 챙겨 넣었
다. 오래된 작업복이 조수석 시트 사이에 끼어 있었다. 썩
은 내가 나는 옷을 껴입으며 경량 패딩을 입고 온 것을 후
회했다. 빳빳한 작업복의 지퍼를 올렸다. 작업복 위에 경량
패딩을 입으려니 소매에 팔이 들어가지 않았다. 옷을 바꿔

입으려는데 덤프에서 클랙슨을 울렸다. 그놈이 이쪽으로 왔을까 싶어 차창 밖을 살피는데 덤프 기사가 클랙슨을 길게 누르며 작업을 재촉했다. 시훈이 덤프에 대고 소리쳤다.

"제발 그만 좀 하세요!"

시훈의 말을 못 들었는지 덤프 기사는 클랙슨을 쉬지 않고 눌렀다. 시훈은 서둘러 옷을 입고 모자를 두 겹으로 뒤집어썼다. 공장 안쪽은 어둠에 휩싸인 채 가루 더미만 희미하게 보일 뿐이었다. 그것이 가까이 와 있는 것 같진 않았다. 심호흡을 하고 차에서 내렸다. 덤프의 문을 두드리자 덤프 기사가 창문을 내리며 기침을 했다.

"안 신고 뭐 하나? 기다리다 돌아가시겠네."

시훈이 발판을 밟고 올라 창문에 매달려 말했다.

"어르신, 문 좀 열어주세요. 빨리요."

"왜? 뭐 하려고?"

덤프 기사는 문을 열어주기는커녕 오히려 창문을 올렸다. 시훈은 손잡이를 잡고 덤프에 매달려 있을 수밖에 없었다.

"제가 어르신을 해치기라도 할까 봐 그러세요? 아닙니다, 어르신. 공장 안에 뭐가 있어요. 빨리 문 좀 열어달라니까요."

덤프 기사는 아무 말도 하지 않고 시훈을 지그시 바라보왔다. 무슨 생각을 하는지 알 수 없는 표정이었다. 시훈은 덤프 기사가 말을 못 알아들었나 싶어 목소리를 높였다.

"공장 안에 짐승이 있어요. 그놈 때문에 일을 할 수가 없다고요!"

덤프 기사가 멍한 얼굴로 운전대를 잡더니 나지막이 욕을 내뱉었다. 그러더니 눈빛이 돌변하여 소리를 질렀다.

"내 나이 일흔여덟이야. 마누라 수발도 내가 다 했다고! 이것 봐, 운전대 잡고 일해서 돈을 벌잖아! 헛소리하지 말고 일이나 하게. 내 정신은 누구보다 멀쩡해. 안 속아. 암, 절대 안 속지. 어디서 폭탄이 터졌다고 해도 안 속을 거야."

시훈은 답답해서 속이 터져버릴 것만 같았다.

"어르신! 저 안에 뭐가 있다고요!"

"있긴 뭐가 있어! 있으면 내 눈앞에 끌고 와 봐."

"내려보세요. 같이 가보자고요."

"내가 왜?"

시훈은 말문이 막혔다. 왜냐고? 같이 일하고 있으니까! 같이 일을 끝내야 하니까! 하지만 그런 말로 노인이 설득되지 않을 것을 알았다. 배 속 깊은 곳이 서늘해졌다. 시훈이 아는 현장에선 곤경에 빠진 자를 돕지 않았다. 도드라지게 착하거나 약하면, 혐오하며 따돌리고 무리에서 퇴출시켰다. 돕고 거드는 사람은 다른 사람의 몫까지 도맡아 하다가 견디지 못하고 현장을 떠났다. 움츠러든 시훈의 표정을 보고 덤프 기사가 달래듯 말했다.

"실어주기만 하고 자네는 가도 돼. 처리는 내가 할 테니까."

시훈은 덤프 기사에게 약이 올랐다.

"문은 왜 안 열어주십니까?"

덤프 기사가 쿨럭쿨럭 기침을 하다가 손을 내저었다.

"냄새가 지독하잖아. 오늘내일한다 해도 여기서 죽을 순 없지. 비키게. 가루가 자꾸 들어와. 자네도 빨리 자네 차로 돌아가. 오래 살아야 할 것 아닌가!"

덤프 기사는 말이 끝나자마자 창문을 닫아버렸다. 시훈은 주위에 아무것도 없다는 것을 확인하고 덤프에서 뛰어내렸다. 입 안이 가슬거려 바닥에 침을 뱉었다. 꼭 가루를 입에 가득 머금고 있는 기분이었다.

로더를 몰아 공장 안으로 들어가면서 그것의 소리를 듣지 않으려고 라디오를 틀었다. 주파수가 맞는 게 없었다. 지직거리는 소음을 볼륨을 낮춰 틀었다. 숨을 가다듬고 가루 더미를 살폈다. 그새 어디로 갔는지 그것이 보이지 않았다. 버킷을 내려 흩어져 있는 가루를 한데 모았다. 암을 들어 올리자 가루는 이번에도 버킷 밖으로 쉴 새 없이 흘러내렸다. 후진해서 덤프에 싣고, 다시 가루 더미 가까이 왔다. 공장 가장 안쪽에 있는 가루 더미 옆에서 그것의 눈이 빛났다. 뭐에 취하기라도 한 듯 잠잠하게 웅크리고 있다가 예상치 못한 순간에 가루 더미에 몸을 비볐다. 그것이 어디에 있는지 살피느라 일에 속도가 나지 않았다. 후진을 할때도 안심할 수 없었다. 암을 내려야 하는데 올리고, 버킷에 담은 가루가 후진을 하기도 전에 쏟아졌다. 공장 밖으로 이어지는 길 곳곳에 가루가 산발적으로 쌓였다.

남아 있는 첫 번째 봉분의 가루 더미를 모두 옮겨 실었지만 짐칸의 반도 차지 않았다. 바닥에 흩어진 가루를 한데 긁어모았다. 나지막한 봉분 하나가 새로 만들어졌다. 바쁘게 움직인 결과를 보자 억울함이 밀려왔다. 저따위 짐승 정도는 무시할 수 있어야 하지 않나. 저게 뭐라고 눈치를 보고 있나. 차라리 치어 죽인다면 일이 수월해질 것 같았다.

시훈은 눈을 감은 채로 로더를 빠르게 몰았다. 그것으로 돌진하기를 여러 번, 매번 그것이 아슬아슬하게 버킷을 비껴 났다. 세 개의 가루 더미를 거의 다 옮길 때까지 그것에겐 아무 일도 일어나지 않았다. 마치 달려들 것처럼 몸을 낮췄다가도 이내 비실거리며 도망쳤고, 가루 더미가 사라질수록 애처로운 신음 소리를 내며 가루에 몸을 비볐다. 작업하는 내내 신경 쓰다 보니 어느새 그것이 친근하게 여겨지기까지 했다.

바닥에 산발적으로 남은 가루를 보며 잠시 숨을 돌리고 거래소 앱을 켰다. 50퍼센트까지는 올라갔겠지 예상했는데, 마이너스 49퍼센트로 숫자가 바뀌어 있었다. 믿을 수 없어 화면을 껐다가 켰다. 분명히 갈 종목이었다. 누가 장난을 치고 있는 것 같았다. 남아 있는 모든 걸 잃은 기분이었다. 카페에 들어가 빠르게 올라오는 글의 제목을 훑었다. 치고 빠지길 잘했다는 사람이 있는가 하면 떨어뜨렸다가 다시 가려고 한다는 글도 있었다. 누군가 세계 유명 투자자가 이 코인을 보유하고 있다는 기사를 퍼다 날랐다.

시훈은 더 잃지 않으려고 하다가 여러 번 크게 날렸다. 버티다가도 잃었다. 여기저기 돈을 빌리다 보니 친구들이 언젠가부터 시훈의 연락을 피했다. 제일 친했던 놈은 빌려줄 순 있는데 코인에 넣을 거면 빌려주지 않겠다고 했다. 친구가 자꾸 가르치려 들어서 시훈은 됐다고, 필요 없다고 소리치고 휴대전화에서 번호를 지웠다.

그 친구 이름이 지훈이라서 '투훈'이라는 팀명으로 코미디언 오디션을 보기도 했다. 슬랩스틱 코미디를 짰는데 심사위원 누구도 웃지 않아서 밤새 술을 마시며 둘이서 쉬지 않고 웃었다. 나이가 들어서 진짜 재미있는 걸 모른다고, 투훈이는 나이가 들더라도 시시해지지 말자고 다짐했었다. 다시 거래소 앱을 열었다. 그새 파란색 그래프가 빨간색으로 바뀌고 손실이 마이너스 23퍼센트로 줄어 있었다.

남아 있는 가루를 버킷으로 모았다. 어디로 갔는지 그것의 모습이 보이지 않았다. 버킷을 올려 후진하자마자 날카로운 울부짖음에 귀가 먹먹해졌다. 당황해 차를 앞으로 몰았다가 그것을 밟고 지나갔다. 생각보다 끔찍했다. 시훈은 한참 동안 꼼짝할 수 없었다. 라디오를 끄고 창문을 내렸다. 멀리서 개 몇 마리가 컹컹 짖는 소리가 들렸다.

주위를 살피며 조심스럽게 차에서 내렸다. 앞바퀴가 지나온 자리에 가루가 쌓여 있었다. 그 아래 납작하게 짓눌린 그것의 등과 비뚤어진 입이 보였다. 시훈은 바닥에 흩날리는 가루로 시선을 옮겼다. 가루는 아주 짧은 순간에도 바람을 타고 흩날렸다가 내려앉았다가 기울어지며 모습을 바꿨다. 프런트미러 앞에 가루가 뽀얗게 앉아 있었다. 가루를 손으로 쓸어 냄새를 맡았다. 재채기가 나왔다. 가루는 자꾸만 흩어져 공기 중으로 날았다. 그사이 그것은 가루 더미에 뒤덮여 작은 봉분이 되었다. 바람이 불어오자 여전히 그것이 살아 움직이는 듯 가루가 날아올랐다.

그때 낮게 웅크린 그림자 여럿이 공장 문 앞을 스쳐 지나갔다. 피 냄새가 그것의 무리를 불러들이고 있는 걸까? 얼어붙어 곱은 손에 땀이 뱄다. 시훈은 가루 사이로 드러난 그것의 등뼈를 애써 바라보며 짧게 애도했다. 다음 생이 있다면 생물로 태어나지 말길. 지구에서 가장 먼 우주 어딘가, 인간이라는 존재를 상상할 수 없는 곳에서 아름다운 어떤 것이 되길.

그것의 사체 앞에 로더를 세웠다. 레버를 밀었다 당기는 단순한 동작만으로 그것이 버킷에 실렸다. 그것을 떨어뜨리지 않게 천천히 후진한 뒤 덤프의 짐칸에 맞춰 버킷을 내렸다. 그것은 덤프에 떨어지자마자 가루 더미에 파묻혔다. 흩날리는 가루 때문에 눈이 아팠다. 재채기를 할 때마다 피비린내가 났다. 노인에게 다 실었다고 소리를 질렀다. 클랙슨을 울리고 고함을 쳐도 덤프에서는 반응이 없었다. 덤프로 가서 운전석 문을 두드렸다. 운전석 옆 손잡이에 매달려 안을 들여다보았더니 노인이 머리끝까지 담요를 덮어쓰고 누워 있었다.

"어르신! 어르신!"

문을 거세게 두드려도 반응이 없었다. 문이 잠겨 있어 소리치는 일 외에는 노인을 깨울 방법이 없었다.

"어르신, 안 죽었으면 대답 좀 해요. 어르신!"

광활한 공장 안에 시훈의 목소리가 메아리쳤다. 욕을 해봤지만 소용없었다. 노인의 팔이 축 늘어져 있었다. 한참을 지켜보아도 움직이지 않았다.

"아니, 노인네가 왜 얼굴을 담요로 뒤집어쓴 거야! 얼마나 오래 살겠다고!"

눈물이 흘러내리는 게 가루 때문에 눈이 아파서인지, 자신의 처지가 기가 막히게 불행해서인지 알 수 없었다. 망설이다가 김 부장에게 전화를 걸었다. 김 부장은 잠이 묻은 목소리로 전화를 받았다.

"마감했나?"

"아닙니다, 부장님. 실은 일이 있습니다."

"지금 몇 시야? 여섯 시에 쓰레기차 돈다고 얘기했을 텐데?"

"다 실었는데 덤프 기사님이 움직이질 않아요. 잠이 들었는지 죽었는지 문을 잠가놓고 안에서 꼼짝을 안 합니다."

김 부장이 혀를 끌끌 차며 말했다.

"노인네가 일 달라고 사정사정하더니……. 말기암이라고 한 지 일 년 넘었어. 죽기 전에 손주한테 선물하고 싶은 게 있다고 붙잡고 늘어지더니 이렇게 사고를 쳐."

"신고할까요?"

"헛소리하지 말고 창문이라도 깨."

"돌아가셨으면……."

"제발 알아서 좀 하라고."

"가족한테 대신 알려주시면 안 될까요? 아니, 전화번호를 주시면 제가……."

"가족이라고? 동네방네 떠들고 나서는 자네가 책임질 건가? 돈 받고 싶으면 가루부터 처리해."

"덤프 운전은 안 배웠습니다."

"배워야 하나? 요즘 것들은 배가 불렀지. 조금만 힘들고 어려우면 못 한다 도망치잖아. 안 그런가?"

"도망 아닙니다."

"그럼 뭔가? 노인네가 못 하면 자네가 해야지. 마감하고 연락해."

김 부장이 일방적으로 전화를 끊었다. 시훈은 도망이 아니라 저항이라고 소리치고 싶었다. 요즘 것들은 빌어먹을 세상에 저항하느라 너 같은 쓰레기는 상대할 시간이 없는 거라고, 못 하는 게 아니라 안 하는 거라고 일깨워주고 싶었다. 검은 일을 받았다가 끝내지 못하는 일이 생기면 김 부장은 앙갚음을 했다. 아는 현장 모두에 전화를 돌려 일자리를 찾기 어렵게 만들었다. 돈을 많이 벌어 힘이 생기면 먼저 김 부장을 자르고 싶었다. 중장비며 업체를 모조리 다 사버려서, 김 부장이 우는소리를 하며 쩔쩔매게 만들고 싶었다.

시간이 정말 없었다. 창문 깰 것을 찾아야 했다. 공장 문 밖에서 주둥이가 깨진 소주병을 찾았다. 소주병을 들고 가는데 등 뒤에서 여러 마리가 그르릉거리는 소리가 들렸다. 뒤로 돌아 소주병을 휘둘렀다. 흩날리는 가루 외엔 아무것도 보이지 않았다.

운전석 손잡이에 매달려 배에 힘을 줬다. 한 번에 끝내야 했다. 작업복을 벗어 손과 팔을 감싸고 창문을 내리쳤다. 소주병이 깨지며 창문에 금이 갔다. 주먹으로 창문을 다시 내리쳤다. 창문이 깨지면서 팔에 날카로운 통증이 느껴졌다. 유리에 베인 팔뚝에서 피가 흘러내렸다. 담요 위로 유리가 쏟아져 내리자 노인이 몸을 일으켰다. 노인은 쉽게 정신을 차릴 수 없는지 헛소리를 하며 주위를 두리번거렸다.

"뭐야, 죽은 줄 알았더니⋯⋯."

시훈이 저도 모르게 혼잣말을 했다. 노인이 돌변한 표정으로 시훈을 노려보았다. 운전석에서 뛰어내려 사정을 설명하려고 숨을 고르는 데 그것들이 몰려왔다. 한 마리, 두 마리, 세 마리, 네 마리. 그것들의 숫자가 점점 늘어났다.

시훈이 다급하게 운전석 문을 두드렸다. 그것들을 본 노인이 차를 급히 앞으로 몰았다.

"어르신, 태워주셔야죠!"

여섯 마리가 시훈을 둘러쌌다. 그중 한 마리가 몸을 낮추며 시훈에게 달려들었다. 시훈은 공장 안으로 들어가는 덤프 짐칸에 매달렸다. 덤프에서 가루가 흘러내렸다. 시훈의 피 묻은 가루를 맛본 한 마리가 흥분해 뛰어올랐다. 가루에 손이 미끄러져 짐칸 안으로 들어가기 쉽지 않았다. 납작하게 비뚤어진 그것의 입이 떠올라 신물이 났다.

짐칸의 뒤쪽 문을 잡고 가까스로 올라갔다. 짐칸에 구르듯 들어가자마자 가루가 코와 입으로 들이닥치며 숨이 쉬어지지 않았다. 짐칸 벽을 두드렸지만 덤프는 멈추지 않고 후진했다. 겨우 바닥을 짚고 일어나 앉아 고개를 가루 밖으로 뺐다. 나무판으로 양쪽 벽을 높여놓아 잡고 설 곳이 없었다. 뒤쪽의 개폐 장치를 붙잡고 몸을 일으켜 내려다보니 그것들이 헐떡이며 덤프 뒤를 따라오고 있었다. 차가 덜컹거리자 몸이 앞으로 쏠렸다. 여러 마리가 시훈을 향해 뛰어올랐다. 시훈은 짐칸 안으로 기어들어 갔다. 몸이 가루에 푹푹 빠져 균형을 잡기 어려웠다. 가루가 시훈을 집어삼키듯 쉴 새 없이 흘러내렸다.

허벅지까지 차오른 가루를 옆으로 밀어냈다. 시훈이 움직이면 움직일수록 가루는 더 거세게 흘러내렸다. 발이 닿지 않는 물속에서 허우적거리고 있는 것만 같았다. 입과 코로 가루가 밀려들었다. 짓눌린 듯 머리가 멍해졌다. 움직임이 둔해지는 걸 느꼈다. 힘겹게 일어나 자리를 옮겼다가 무언가를 밟고 미끄러져 주저앉았다. 파묻히고 싶지 않은데 도저히 몸을 움직일 수 없었다. 눈을 겨우 뜨자 바로 옆에 그것의 비뚤어진 주둥이가 튀어나와 있었다. 차는 어디론가 가고 있었고 가루가 사방으로 날아올랐다가 가라앉았다.

마치 눈이 오는 것 같았다. 엄마가 시훈의 썰매를 끌어주고 있었다. 양 볼과 입술이 빨간 엄마는 지금의 시훈보다 어린 것 같았다. 시훈아, 몸에 힘을 주고 있으면 다쳐. 힘을 빼고 기대봐. 엄마가 가쁜 숨을 내뱉으며 자꾸만 힘을 빼라고, 앞으로 몸을 내밀지 말라고 소리쳤다.

"엄마, 무서워."

시훈이 중얼거렸다. 시훈의 얼굴 위로 가루가 흩날렸다.

내리막길에서 엄마가 시훈의 등을 밀며 힘을 빼, 하고 소리쳤다. 발로 속도를 낮추려 하다가 썰매가 뒤집혔다. 돌멩이에 부딪힌 이마에서 피가 났다. 새하얀 눈 위에 피가 떨어졌다.

"그러니까 힘을 빼라고 했잖아!"

엄마가 시훈의 팔을 잡고 집으로 끌고 갔다.

"너만 없었으면!"

엄마의 목소리가 어디선가 들리는 것 같았다.

"알지, 엄마. 그래도 엄마는 가고 싶은 데로 갔잖아."

손으로 흉터를 더듬어보고 싶은데 꼼짝할 수 없었다. 흉터는 자랄수록 두피 쪽으로 올라가더니 언제부턴가 찾을 수 없게 되었다. 여기 있다고, 가루를 처리하기 전에 노인한테 알려야 하는데…… 목에 힘을 주고 머리를 들려고 아무리 애를 써도 정신을 차릴 수 없었다.

그것들이 사납게 짖어댔다. 머리가 깨질 것처럼 아팠다. 겨우 몸을 일으켰다. 희부옇게 날이 밝고 있었다. 차가 멈춘 것을 확인하고 시훈이 짐칸 벽을 두드렸다. 팔에 힘이 하나도 없었다. 소리치고 싶은데 목소리가 나오지 않았다. 앞쪽에서 찬송가가 흘러나왔다. 익숙한 멜로디였다.

— 천국에서 만나 보자. 그날 아침 거기서. 순례자여 예비하라, 늦어지지 않도록.

노인이 큰 소리로 노래를 따라 불렀다. 쉰 목소리가 제법 괜찮아서 놀랍고 우스웠다. 노인은 노래 부르는 데에 완전히 빠져 있었고 시훈이 아무리 소리쳐도 들을 수 없을 것 같았다. 밖으로 뛰어내리면 그것들이 있었다. 노인이 곧 가루를 쏟아부을 것이다. 쓰레기 더미에 버려지면 살 수 있을까? 시훈은 주머니를 더듬어 휴대전화를 찾았다. 경찰이든 구급차든 빨리 불러야 했다. 주머니엔 구겨진 지폐 한 장만 들어 있었다. 지폐를 눈앞으로 가져와 오천 원짜리인 것을 겨우 확인하고 다시 주머니에 넣었다. 가루 속을 더듬었다. 덤프에 올라탈 때 주머니에서 휴대전화가 빠졌다면 근처에 있어야 하는데 아무것도 손에 잡히지 않았다. 한참을 더듬다 딱딱한 이빨을 만지고 화들짝 손을 뗐다. 가루 범벅인 손에 피가 묻어 있었다. 그것이 만져진 자리를 물끄러미 바라봤다. 가루가 흩날리며 주둥이가 보였다가 곧 사라졌다.

짐칸 뒤쪽의 문 아랫부분이 열리지 않도록 고정해야겠다는 생각이 번뜩 떠올랐다. 짐칸에서 가루가 쏟아지지 않으면 노인이 와서 확인할 것이다. 바닥을 더듬어 짐칸 뒷부분으로 기어갔다. 시훈의 손이 걸쇠에 닿는 순간 짐칸이 기울어지기 시작했다. 시훈은 문의 한쪽이라도 걸쇠로 고정하려고 안간힘을 썼다. 노인은 여전히 찬송가를 부르고 있었다.

걸쇠에서 손이 미끄러지며 짐칸이 완전히 기울어졌다. 모서리를 잡고 버텼지만 소용없었다. 가루에 휩쓸려 굴러떨어졌다. 시훈 위로 가루가 쏟아져 내렸다. 시훈은 가루 사이에서 필사적으로 기어 나왔다. 기고, 구르고, 또 기었다. 그것들이 계속 짖었고, 똑같은 찬송가가 되풀이되었다.

온몸에 가루가 들이닥쳤다. 가루 속에서 허우적거리는 동안 엔진음과 찬송가가 멀어졌다. 노인은 시훈이 짐칸에 탄 것을 몰랐을까? 시훈은 어쩐지 노인에게 유기된 것 같은 기분이 들었다. 돈을 받고 처리하는 유해한 가루 더미처럼, 흰쥐의 사체와 무르고 터져 폐기되는 참외처럼 더 고약해지기 전에 보이지 않는 곳으로 치워져 버린 것 같았다. 그것들이 가까이에서 맴돌았다. 갑자기 차가 멈추고 노랫소리가 끊겼다. 노인의 목소리가 들렸다.

"자네가 먼저 그랬네."

시훈은 노인이 무슨 말을 하는지 알 수 없었다.

"다 죽을 때가 되어도 사람은! 사람으로 대접받고 싶단 말일세. 나를 어쩌려고 했나?"

항변하고 싶었지만 가루가 입 안으로 들이닥쳤다.

"삼 개월밖에 못 산다고 했는데 일 년이 넘었어. 죽을 날 받아놓은 심정을 이젠 자네도 알겠지. 숨이 끊어져야 끝이야. 아직 아니라고! 자네 몫의 일당은 창문 깬 값으로 내가 받아 가지. 행운을 비네."

뛰쳐나가 노인의 뒷덜미를 잡아채고 싶었다. 하지만 가루 밖으로 나오려고 애쓸수록 가루 속에 파묻혀 버렸다. 그것의 몸 위에 가루가 뒤덮이는 걸 시훈이 지켜봤던 것처럼, 노인이 자신을 지켜보고 있음을 느꼈다. 노인의 웃음소리가 들리는 것 같았다. 통쾌할까? 가여울까? 노인이 어떤 마음일지는 몰라도 하나는 확실했다. 자신이 가루 속에 있지 않음에 안도한다는 것. 어디선가 바람이 휘몰아쳤다.

엔진음과 노랫소리가 사라진 뒤에도 시훈은 가루 속에서 한참 허우적거렸다. 그것들이 시훈의 주위를 맴돌며 가루를 파헤쳤다가 물러났다. 가루 속에서 머리를 들어 올려 간신히 숨을 내쉬고 가물거리는 정신을 붙잡았다. 정신을 차릴 때마다 그것들이 그르렁거리는 소리가 들렸다. 머리가 터질 듯 아팠다. 그것들에게 머리를 차례로 물어뜯긴 것만 같았다.

얼굴 위로 햇살이 쏟아져 내렸다. 얼마나 정신을 잃고 있었는지 가늠할 수 없었다. 이번에 빠져나가지 않으면 다음은 없을 것 같았다. 온 힘을 끌어모아 가루에서 몸을 뺐다. 가루 더미의 가장자리에 와 있었던 것인지, 아니면 그동안 가루가 바람에 흩날려 날아가 버린 것인지 생각보다 쉽게 몸을 일으킬 수 있었다. 넓은 공터에 온갖 쓰레기가 쌓여 있었다. 곳곳에서 더러운 물이 흘렀다. 비가 왔는지 머리와 몸이 젖어 있었다. 사방이 온통 고요했다. 바람에 나뭇잎 흩날리는 소리와 새소리만 들릴 뿐 그것들의 소리는 들리지 않았다.

전화벨이 울렸다. 여러 군데로 흩어진 가루 더미 중 한 곳에서 소리가 났다. 겨우 무릎을 잡고 일어났다. 어지럽고 구역질이 나서 쓰러질 것 같았다. 주저앉아 숨을 고르다가 다시 일어났다. 절뚝거리며 걸어가 가루 더미 속을 헤집었다. 액정에 '아버지'라고 떠 있었다.

"밥은 먹었냐?"

대답을 하고 싶은데 목소리가 나오지 않았다.

"지훈이가 왔었다. 짜장 볶아줬더니 주말에만 일을 도와달란다."

시훈은 목이 메었다.

"싫으냐?"

아버지는 한참 기다렸다가 말했다.

"싫다면 안 하마. 집에 와라. 짜장 볶아났다."

군침이 돌았다. 아버지의 짜장은 고소하면서 달큰했다.

"빚은 천천히 갚으면 된다. 살면서 실수할 수 있다. 나쁜 생각은 하지 마라."

시훈은 끝까지 아무 말도 할 수 없었다. 아버지는 끊는다, 말하고도 한참 기다리다가 전화를 끊었다. 김 부장에게 부재중 전화 여러 통과 문자가 와 있었다.

— 왜 전화 안 받아?

— 성 기사한테 돈 빌린 거 맞아?

— 지금 당장 전화해.

앉을 데가 없나 두리번거리다 반쯤 부서진 플라스틱 빨래 바구니에 앉았다. 전화를 걸자마자 김 부장이 소리를 질

114

렸다.

"어디 처박혀 있다가 이제 나타나? 차는?"

차? 무슨 차? 머릿속이 뿌옇게 엉켜 있어 생각이 빨리 떠오르지 않았다.

"작업한다고 기다리고 있는데 아직도 안 갖다놓으면 공치라는 거야, 뭐야!"

그제야 로더가 공장에 그대로 있는 것이 생각났다. 목을 가다듬고 겨우 말했다. 가느다랗고 목쉰 소리가 나왔다.

"일당은요?"

"일당? 당장 차부터 갖고 와. 영감이 창문 수리해야 된다고 오십만 원 빼 갔어."

오십만 원? 일당에서 오십만 원을 빼고 하루 차 빌리는 값을 빼면 얼마야, 따져보려 했지만 계산이 되지 않았다. 시훈은 통화 종료된 액정을 물끄러미 바라보다가 거래소 앱을 켰다. 파란색으로 고꾸라진 수익률을 보니 웃음이 났다. 코인에 들어간 수많은 돈은 어디로 가는 거지? 바람이 불자 가루가 휘날렸다. 가루는 산발적으로 몇 군데 쌓여 있을 뿐 모두 어디론가 사라져 버렸다. 시훈은 한동안 그 자리에 그대로 앉아 숲속으로 흩날려 가는 가루를 눈으로 좇았다.

전화벨이 울리고 액정에 익숙한 번호가 떴다. 목소리를 가다듬고 전화를 받았다.

"왜?"

"새끼야, 평생 연락 안 할 것처럼 굴더니 왜 받냐? 돈은 벌었고?"

"아니."

지훈의 주변이 소란스러웠다. 카운터를 보고 있는 것 같았다. 시훈이 겨우 말을 끌어냈다.

"바쁘냐?"

"알면 와서 거들어. 아버지보고 도와달라고 했다."

"들었어."

"유튜브에서 봤는데 세상에 남은 신성한 일 중 하나가 노동으로 돈을 버는 거라고 하더라. 새벽에 나가서 장 보고, 재료 준비하고 그러다 손님 맞으면 뿌듯해. 코인으로 돈 벌어봐라, 이런 기분 느낄 수 있는지. 하루가 꽉 찬다니까."

"너도 빚쟁이면서 뿌듯하긴 뭐가 뿌듯해. 일해도 남는 게 없다고 하면서."

"그래도 조금씩 나아지고 있어."

"그러니까 우리가 계속 이러고 사는 거야."

"아버지가 돈 못 해준 거 마음 아파하시더라. 너 줄 돈 있으면 가게에 보태라고 했다. 테이블 하나라도 더 놓게. 오늘 가게로 와라."

"시간 없어."

"오라면 와. 카운터라도 봐야 코인인지 뭔지 안 들여다
보지. 잠은 자냐?"

시훈은 코가 시큰거려 대답할 수 없었다. 지훈은 통화하
는 동안 몇 번이고 "감사합니다, 또 오세요!"를 외쳤다.

"바쁜데 끊어."

"그래, 이따 와라."

다시 투훈으로 개그 프로그램을 따라 하고, 서로 우스운
점을 찾아내면 코인으로 잃은 돈을 잊을 수 있을까? 그동
안 진 빚을 갚으려면 평생 일해야겠지. 시훈이 한숨을 내쉬
자 발아래의 가루가 날아올랐다. 시훈은 젖은 옷에 붙은 가
루를 털어냈다. 털어도 털어도 다시 붙었지만 눈에 가루가
보이지 않을 때까지 털었다. 그제야 추위가 느껴졌고 몸이
후드득 떨렸다.

이제 가야지, 고개를 흔들며 일어서려고 할 때 칼바람이
불어와 가루가 휘몰아쳤다. 그것들의 소리가 이명처럼 가
까워졌다가 멀어졌다. 시훈이 앉아 있는 곳의 바로 앞 가루
더미에서 그것의 몸이 드러났다. 시훈은 홀린 듯 다가가 그
것의 몸을 만졌다. 여전히 따뜻했다. 추위에 감각이 무뎌져
온기가 느껴지는 것 같았다. 천천히 그것을 쓰다듬었다. 털

의 촉감이 낯설지 않았다. 가루 더미를 파헤치자 주둥이에 피가 맺힌 짐승의 모습이 드러났다.

시훈은 쓰레기 더미를 두리번거리다 선풍기의 플라스틱 날개를 찾았다. 바닥에 널린 비닐과 김치통의 플라스틱 뚜껑, 나뭇조각 등을 치우고 날개로 땅을 파기 시작했다. 땅이 얼어붙어 쉬었다가 파기를 반복해야 했지만 계속 팠다. 그것들이 몰려와 먹어치우도록 두고 싶지 않았다. 겨우 움푹하게 자리를 만들고 입이 비뚤어진 작은 짐승을 눕혔다. 공터를 돌며 흙을 찾아 짐승의 몸 위에 뿌렸다. 흙을 덮고 나선 나무판자를 끌고 왔다. 나무판자까지 덮고 나자 짧은 겨울 해가 기울어졌다.

시훈은 공터를 빠져나가다 짐승이 묻힌 자리를 뒤돌아보았다. 바람에 날아오른 가루가 각종 쓰레기 더미 위에, 얼마 남지 않은 흙바닥에, 시훈의 얼굴에 내려앉았다.

●

변신을 기다려

변신을 기다려
미발표작

지후와 빌라 앞 화단에 앉아 벌새를 보았다. 벌새는 긴 대롱으로 노랗게 핀 꽃의 꿀을 부지런히 찾아 먹었다. 연두색과 노란색이 섞인 화려한 모습에 눈을 떼지 못하고 있다가 더듬이를 발견했다. 지후가 벌새 맞죠? 신기하다, 하고 감탄했다. 나는 지후가 화단에 벌새가 있다고 할 때부터 믿지 않았지만 정말 멋지다, 벌새가 여기 어떻게 왔을까?라고 말했다. 완연한 가을 햇살이 화단으로 쏟아지고 있었다.

3월부터 만 5세 아이 스물네 명을 담임 교사로 맡게 되었다. 출근일이 다가오자 이미 숙지했던 반 아이들의 얼굴과 이름이 헷갈리기 시작했다. 모두가 지후 같아서 누구의 이름도 제대로 부를 수 없을 것 같았다. 아이들과 나누고 싶은 가치였던 공정, 희망, 사랑, 타고난 장점과 강점이 가지는 힘과 같은 의미엔 의구심이 들었다.

사람들은 여전히 아이의 욕망을 한 번쯤 듣게 되는 프로이트의 이론에 따라 결핍으로 해석하곤 한다. 욕망을 결핍으로 바라보면 교사는 권위자, 심판자로서 아이를 대하게 된다. 나는 들뢰즈가 말한 아이가 좋았고, 아이가 욕망을 통해 무엇을 생산하는지 발견하는 관찰자로서의 교사가 되고 싶었다. 자기소개서에 같은 문장을 썼고 나를 채용한 원장은 밝게 웃는 표정과 아이를 대하는 사명감이 마음에 든다고 했다.

지후를 알기 전까지는 적당히 가려진 그럴듯한 세계를 보여주는 것이 유아를 대하는 교사가 가져야 할 태도 중 하나라고 믿었다. 발견과 판단은 스스로의 몫이라고 말이다. 또 나쁜 어른은 있어도 나쁜 아이는 없다고 말하고 다녔다. 미숙함을 감추기 위해 비열해지는 어른에 비하면 아이는 쉽게 잘못을 인정하고, 누군가의 실수를 놀이로 만들 만큼 너그러우며, 놀라울 정도로 솔직하다고 주장했다.

졸업 전 원으로 현장 실습을 나갔을 때나 시터 앱을 이용하는 부모를 만났을 때면, 늘 아이를 사랑으로 대하겠다고 다짐했다. 특별히 예쁜 이호, 언제나 사랑스러운 아은과 같은 표현으로 부모와 라포르를 형성하고 나면 아이를 대하는 일이 수월해졌다. 부모가 신뢰하는 사람을 아이 역시 믿고 따랐다. 봉사 활동과 현장 실습, 시터 아르바이트로 백

명이 넘는 아이들을 만났다. 그 아이들이 어른이 된다고 해도 미소 지으며 아이 때의 모습을 쉽게 찾을 수 있을 것이라 여겼다. 하지만 이제는 일 년, 아니 몇 개월 뒤에 만난다 해도 내가 가르쳤던 아이를 알아볼 자신이 없다.

지난해 가을부터 놀이 시터로 지후를 총 열다섯 번 만났다. 실습이 끝난 마지막 학기였고 공립 유치원 교사 임용 시험을 본 뒤 사립 유치원에 원서를 넣을 생각이었다. 임용에 붙기 어려운 걸 알았지만 시험을 포기할 수는 없었다. 공립 유치원 교사는 초등 교사와 똑같은 교육 공무원이어서 방학이 있고 근무 여건이 좋았다. 공부했던 내용을 떠올리느라 지후와의 수업에 집중하기 힘들 때가 많았다. 게다가 지후가 사는 빌라는 부모가 사는 집을 그대로 옮겨놓았다고 해도 믿을 수 있을 정도였다. 버스에서 내리면 대로를 사이로 한쪽은 평지에 신축 대단지 아파트와 상가가 있었고, 반대쪽은 가파른 언덕 위로 오래된 빌라가 있었다. 개발이 막 끝난 대도시 어디에서나 볼 수 있는 주거 환경이었지만 무심히 지나치던 예전과 달리 양쪽을 번갈아 보며 30대에, 40대에 어디에 살게 될지 따져본다는 점이 달랐다.

지후 방 창문에서는 균일한 색깔로 칠해진 아파트 외벽이 보였다. 오래전, 논과 밭이었던 건너편에 아파트가 줄

지어 세워지는 걸 지켜보다가 우리는 왜 저쪽으로 가지 않느냐고, 내가 좋아하는 친구는 모두 저쪽으로 간다고 부모를 붙잡고 서러워했던 게 떠올랐다. 대학가를 벗어나 이 동네로 오면 지후가 무엇을 하든 가장 먼저 하는 말인 '망했다', '안 할래요', '못 해요', '해서 뭐 해요?'가 맴돌았다.

아파트 상가는 손님으로 북적였지만, 이쪽의 상가는 대부분 빈 채로 있었다. 카페가 문을 닫은 자리에 복권 판매점이, 치킨집이 있던 자리에 무인 아이스크림 가게가 들어온 게 다였다. 나는 수업을 올 때마다 치킨집 간판을 내리고, 벽을 새하얀 색으로 칠하고, 어두컴컴한 색유리를 투명한 유리로 바꾸는 과정을 지켜보았다. 아이스크림 가게가 생기고 나자 지후 또래의 아이들이나 그보다 더 어린 아이들이 난감한 표정의 어른을 끌고 아이스크림 가게로 들어가는 모습을 볼 수 있었다. 알록달록하고 밝은 아이스크림 가게가 생겨 동네 분위기가 한층 밝아진 느낌이 들었다. 버스에 타기 전 아이스크림 가게에 들러 온갖 나라에서 온 과자를 구경하고 하나씩 사게 되었는데, 가게를 지키는 사람이 없었기에 구매를 해주는 것으로 이쪽에 기여한다는 뿌듯함을 부담 없이 즐기기도 했다.

지후는 소근육이 발달하여 종이접기나 블록 조립 등을

잘하고 그림을 뛰어나게 잘 그렸다. 밖에서 뛰어놀기보다 집에서 좋아하는 캐릭터를 따라 그리거나 텔레비전을 보는 편이었다. 주 2회 미술학원을 가는 것 외에 다니는 학원은 없었다. 지후의 엄마는 한글을 가르쳐야 하는데 지후가 학습지나 공부방을 싫어해서 시터 앱으로 수업을 신청한 거라고 설명했다. 지후의 할머니는 지후 엄마, 아빠가 근처에서 족발집을 하는데 두 사람이 다 매달려 있어도 장사가 안된다고 속상해했다. 지후 엄마와는 앱으로 채팅하고 통화를 했을 뿐 끝까지 얼굴을 보지 못했다.

왜소한 몸에 맞지 않는 큰 옷을 입고 있어 지후는 또래보다 어려 보였다. 기역을 디귿으로 발음하고, 시옷 계열의 치경 마찰음도 또렷하게 발음하지 못했다. 지후의 할머니는 지후가 어디에서나 차분하고 말수가 적다고 칭찬했으나 언어 발달이 되어야 할 나이에 발화를 충분히 하지 않은 점이 걱정스러웠다. 첫 수업에서는 다섯 번 물어야 겨우 한 번 대답할 정도로 말을 하지 않았고, 발음이 또래와 다르다는 것을 스스로도 알고 있어 말하는 데에 자신감이 없었다.

말놀이가 있는 노래를 유튜브로 여러 차례 들려주고 따라 부르게 시켰다. 또 해요? 싫어요, 하더니 5회 차에는 수업이 시작되기 전에 노래의 리듬을 흥얼거리고 있었다. 지후는 내가 오는 시간에 맞춰 빌라 앞에 나와 있기 시작했다. 현관에 세워진 유모차를 가리키며 할머니가 유모차를 잡고 걷는다고 말해주었다. 색종이로 만든 합체 미니카 중 가장 잘 접은 미니카를 선물이라고 주었다. 지후는 수업이 끝나는 시간이 되면 선생님 벌써 가는 거냐고 아쉬워했다.

지후의 발음은 한 달 사이에 놀라울 정도로 좋아졌다. 그동안 지후의 발음에 관심을 기울이고 제대로 소리 내는 법을 가르쳐준 사람이 없었다는 게 이상할 정도였다. 지후는 내게 온갖 것을 이야기했다. 유치원에서 겪은 재미있던 일은 물론 친구들과 귀신 놀이를 해서 무서웠다는 것까지 말했다. 지후가 수업 중에 이상한 소리를 들었다고 겁에 질려 움츠러들 때는 귀신을 유독 무서워했던 어린 시절이 떠올라 안쓰러웠다. 공포심을 가지게 만드는 추상적 사고는 외로운 아이일수록 풍부하게 발달하는 것 같아 이맘때 아이들이 좋아하는 웃긴 수수께끼 놀이를 자주 하기도 했다.

수업 내용을 지후 엄마에게 채팅으로 보내면 고맙습니다, 하고 짧게 답하는 게 다였다. 지후 할머니는 주로 옆방에 누워 있었다. 10회 차 수업부터는 지후에게 열 칸 공책에 한글을 따라 쓰라고 시키고 캡처해 놓은 예상 출제 문제를 살펴보았다. 처음에는 조심스럽게 잠시 동안 봤지만 지후가 글자를 반듯하게 곧잘 써서 30분 정도 같이 공부할 수 있었다. 어떤 날은 글자 쓰기를 먼저 끝낸 지후가 색종이를 접고 있을 테니 선생님은 공부하라고 말하기도 했다. 지후가 가끔 놀랍도록 어른스러워서 오랜 친구처럼 편안하게 여겨질 때가 있었다. 어른스러운 아이는 얻는 게 많은지, 아니면 잃는 게 많은지 여전히 잘 모르겠다. 다만 나 역시 지후처럼 어른스러운 아이였다는 것, 그래서인지 아이로 순수하게 즐거웠던 기억이 별로 없다는 것만은 안다.

15회 차 수업 날, 나는 지후에게 다음 주가 시험이어서 그 주와 다음 주에는 오지 못한다고 설명했다. 지후가 못 와요? 왜 못 와요? 재차 묻더니 그럼 아이스크림 가게에 같이 가달라고 부탁했다. 밖으로 나가는 건 안 된다고 했지만 지후가 가고 싶다고 고집을 부렸다. 일한 시간에 대한 보수를 받는 입장에서 예상하지 못했던 범위의 부탁이란 무엇이든 부담스럽기 마련인데, 아이를 데리고 밖으로 나가는 것은 위험을 무릅쓰는 일이기까지 했다. 만에 하나 사고가 생기면 함께 있던 보육자에게 책임이 있어 놀이 시터의 주의 사항 중 하나가 '아이를 밖으로 데리고 나가지 말기'였다. 나는 시터가 남긴 어떤 후기의 "만에 하나 사고가 생기면 아이에게 베풀려 했던 호의가 재난이 되어 당신의 미래를 덮칠 것입니다"라는 말을 기억하고 있었다.

지후는 엄마한테 돈을 받아놓았는데, 할머니가 계산을 못 한다고 되돌아 나온 게 다섯 번이 넘는다고 했다. 친구들 전부 포켓몬 카드를 가지고 있다고, 거기에서 카드를 사야 한다고 울음을 터뜨렸다. 지후는 참으려고 애쓰다가 손등으로 눈물을 훔치며 흘러나오는 감정을 어쩌지 못하고 서럽게 흐느꼈다.

마음을 다잡으려 했지만 쉽지 않았다. 비슷하게 가지지 못해 배제당하고 서러웠던 마음이 스물셋이 되어서까지 잘 잊히지 않았다. 가진 게 많으면 있는 것을 누리며 없는 것을 드물게 떠올리지만, 가진 게 없으면 없는 것에만 매달리게 되는 것 같았다. 원하는 걸 갖지 못한 지금의 경험이 차이를 느낄 때마다 스스로를 깎아내리는 데 쓰일까 봐 조바심이 났다. 나는 충동적으로 말하고 말았다.

"엄마한테 허락받아 볼래?"

지후는 언제 흐느꼈냐는 듯 반색하고는 목에 걸고 있던 휴대전화의 단축 번호를 길게 눌렀다. 지후가 스피커폰으로 선생님이랑 아이스크림 가게 갔다 와도 되느냐고 묻자마자 지후 엄마가 알았다고 대답했다. 내가 옆에서 사정을 설명하려고 어머님, 하고 부르자 지후 엄마는 선생님, 감사해요, 지금 손님이 와서 바빠요, 부탁드릴게요, 하고 전화를 끊었다. 지후가 말했다.

"된다는 거예요, 선생님."

행어에서 빨간색 경량 패딩을 찾아 입혔다. 소매에 까맣게 때가 타 있었다. 지후는 한쪽 팔만 끼우고서 현관으로 가 신발을 신었다. 지후가 현관에 서서 "할머니, 갔다 올게!" 외치자 할머니가 기어코 간다고 혀를 찼다. 지후는 신발을 제대로 신지도 않고 계단을 뛰어 내려갔다. 빌라 입구에 서서 할머니가 끌고 다니는 기우뚱한 유모차를 걷어차고는 선생님, 빨리요, 빨리! 재촉했다.

지후가 포켓몬 카드가 진열되어 있는 매대 앞에 앉아 천 원을 꺼냈다. 지후 또래의 남자아이가 엄마 손을 잡고 들어와 비닐에 들어 있는 만 원짜리 카드를 사 갔다. 그 옆에는 개봉된 샘플 상자가 놓여 있고 '하이클래스팩 브이맥스 클라이맥스 박스는 키오스크 전화번호로 문의 바람'이라고 쓰여 있었다. 지후가 브이맥스 클라이맥스 박스에서 눈을 떼지 못하고 물었다.

"선생님, 저 뭐 살 수 있어요?"

천 원짜리 포켓몬 카드 매대는 비어 있었다. 포켓몬 카드 앨범은 오천 원, 매장 밖에 있는 포켓몬 뽑기는 오백 원이었다. 지후가 브이맥스 클라이맥스 박스를 가리키며 "이건 얼마예요?" 하고 물었다. 잠깐 기다려보라고 하고 포켓

몬 카드를 검색했다. 10팩 십만오천 원. 같은 카드를 십일
만 원에 파는 곳도 있었다. 천 원으로 살 수 있는 카드가 없
다는 것을 어떻게 설명해야 하나 난감했다.

열 살쯤 되어 보이는 남자아이 셋이 들어왔다. 똑같은 영
어 학원 가방을 든 아이들이 만 원짜리 포켓몬 카드를 들
춰보며 자기가 가진 가장 좋은 카드에 대해 말했다. 그 아
이들에게 상자로 파는 카드와 비닐에 든 카드가 같은 거냐
고 물었다. 아이들은 아니라고, 브이맥스 카드는 쇼핑몰에
가서 줄서서 사야 한다고 이야기했다.

"지금은 없어. 다 팔렸어."

"지난주에 있었어!"

아이들끼리 살 수 있다, 없다로 말다툼을 했다. 한 아이
가 브이맥스 카드 10장을 가지고 있다고 자랑했다. 그 옆
에 애는 7장, 또 다른 애는 5장 가지고 있다고 했다.

"여기에선 좋은 카드 안 나와요. 일반 카드만 나오면 돈
버리는 거예요."

한 아이가 중요한 비밀을 말해주듯 비닐에 든 카드를 가
리키며 속삭였다. 아이들은 브이맥스 클라이맥스의 샘플
상자를 만지작거리더니 아이스크림을 하나씩 사서 나갔다.
지후가 내 팔을 잡고 "선생님, 저 뭐 살 수 있냐고요" 하고
다시 물었다. 나는 비닐에 든 포켓몬 카드는 만 원이 있어야

살 수 있다고 말해주었다. 지후가 선생님, 하고 불렀다.

"하나 사주시면 안 돼요?"

지후는 여느 때보다 똑똑히 말했다.

"엄마는 안 사줘요. 할머니도요. 선생님, 제발요."

포켓몬 카드를 얻기 전에는 한 발짝도 움직이지 않겠다는 것처럼 지후가 팔을 잡고 매달렸다. 내가 고개를 흔들자 실망한 빛을 감추지 않고 소매로 눈물을 닦았다. 좋은 카드는 마트에 가야 살 수 있다고 해도 소용없었다.

"나한테는 애들이 버린 카드밖에 없단 말이에요. 저기에도 좋은 카드가 있대요."

"뽑기는 두 번 할 수 있어. 뽑기 하자."

"싫어요. 지금까지 선생님 말 잘 들었잖아요."

지후의 말에 얼굴이 달아올랐다. 수업에 충실하지 않았던 나를 지켜보고 있던 사람도, 처음과 달리 대부분의 말을 흘려듣는 나를 한결같이 기다리고 있던 사람도 지후였다. 지후는 내게 대가를 요구해도 된다고 본능적으로 생각한 것 같았다. 지후와 수업을 하고 받는 돈에서 왕복 교통비를 빼면 시간당 가까스로 만 원이 넘었다.

"용돈 모아서 다시 오자. 선생님이 사줄 수는 없어."

나는 지후가 떼를 쓰지 않도록 단호하게 말했다. 화가 난 지후가 먼저 가게 밖으로 나갔다. 지후는 남은 수업 시간

내내 눈을 맞추지 않았고 대답도 하지 않았다. 지후에게 미안한 마음이 들었지만 미안하다는 말을 할 수 없었다. 일주일에 겨우 십만 원 남짓 벌면서 지후한테 만 원을 쓸 수 없었다. 계절이 바뀌고 있으니 보풀이 핀 낡은 옷을 버리고 새 옷을 사야 했다. 장사가 안 되는 건 지후의 부모나 내 부모나 마찬가지였다. 치킨에서 돈까스로, 주점으로 업종을 바꾸었지만 빚만 더 불어났다. 빨리 졸업하고 돈을 벌어 학자금 대출을 갚아야 했다. 원금 상환 날짜가 다가오는 걸 생각하면 숨이 막히는 기분이었다.

피아제의 이론에 따라 지후가 에고센트리즘적으로 사고하는 거라면, 타인의 처지를 이해하라는 건 발달 단계의 수준을 넘어서는 요구일 뿐이었다. 만 원을 주지 못하는 처지가 미안할 일이 아닌 게 분명한데 정서상 아니면 분위기상 아이의 기분을 풀어주기 위해 미안,이라고 말하고 나면 아이와의 권력관계가 바뀌지 않을까? 지후가 나를 따르며 좋아한 이유는 눈을 맞추고 자신의 얘기를 들어주었기 때문이지 대단한 걸 바라서가 아닐 것이라 생각했다.

고시원으로 들어가기 전 김밥집에 들러 키토 김밥을 사고 카페라테를 테이크아웃했다. 아이에게 휘둘리지 않고 꿋꿋하게 그날의 먹거리를 지킨 당위가 그제야 설명되는 기분이었다. 유일하게 먹는 한 끼의 단맛을 오래도록 음미했다. 김밥을 먹고 나서 아이스라테를 마셨다. 고소한 뒷맛이 남은 얼음을 씹어 먹을 때가 가장 좋았다. 비닐에 든 포켓몬 카드 5장과 한 끼를 바꾸는 건 어리석은 일이라고 씁쓸한 마음을 달랬다.

임용 시험 결과는 예상보다 더 나빴다. 시터 앱의 수업 가능 시간을 모든 요일로 바꾸고 지원해 볼 사립 유치원을 리스트업했다. 지후에게서는 수업 신청이 없었다. 인사 없이 수업을 끝내는 것은 늘상 있는 일이었다. 지후가 엄마에게 어떻게 말했을지가 종종 신경 쓰였다.

유아 임용 1차 필기시험 합격자 발표가 있던 날, 단톡방 여기저기에서 울리는 합격 소식에 축하의 이모티콘을 몇 차례 보내고 휴대전화를 꺼두었다. 임용 준비를 다시 할 수 있을지 자신이 없어졌다. 임용 인원은 해마다 줄어들고 있었다. 늦은 오후가 될 때까지 누워 있다가 휴대전화를 켜자 카드사에서 부재중 전화가 여러 통 와 있었다. '전화 부탁 드립니다'라는 용건을 알 수 없는 짧은 문자 메시지도 남겨져 있었다.

문자가 온 번호로 전화를 걸자 콜센터 상담원이 받았다. 상담원은 아이스크림 가게에서 결제 오류 관련 문의가 있으니 해당 매장으로 전화를 하라고 했다. 지후네 집 근처의 그 아이스크림 가게였다. 그쪽으로 가지 않은 지 한 달이 다 되어가고 있었다. 인터넷 검색창에 '무인 가게, 카드사, 전화'라고 치니 소상공인 카페에 올라온 글이 검색되었다. 10개를 사고 3개만 결제하는 등의 도난 건에 대해서 카드사에 결제 오류로 연락 요청을 하면 그 사람으로부터 차액을 입금받을 수 있다는 내용이었다. 카드를 잃어버린 적도 없고 수량을 다르게 찍어서 결제한 적도 없었다. 마음을 가라앉히려고 애쓰며 매장으로 전화를 걸었다.

젊은 목소리의 여자가 지후의 차림을 묘사했다. CCTV로 확인한 운동화 모습과 브랜드를, 잠바의 색깔, 소매가 짧고 어깨 부분이 터져서 흰색 솜이 보였다는 것을 상세히 이야기했다. 그러곤 그 아이가 포켓몬 카드를 훔쳐 갔으니 아이를 데려와 사과하고 배상하라고 했다. 나는 지후가 포켓몬 카드를 훔쳤다는 사실이 좀처럼 믿기지 않았다. 어린 시절 허름한 옷과 낡은 가방 때문에 문구점에서 도둑 취급을 받은 게 한두 번이 아니었다. 아이스크림 가게 주인이 CCTV를 전부 돌려 볼 수 없으니까 포켓몬 카드를 만지고, 구경하고, 호주머니에 넣었다가 다시 제자리에 돌려놓는 지후를, 낡은 신발과 뜯어진 패딩을 입고 있는 지후를 손쉽게 범인으로 몰아세우고 있는 것 같았다. 어쩐지 내가 모욕당한 기분이 들어 얼굴이 달아올랐다.

나는 잠시 망설이다 그 아이를 딱 한 번 가르쳤던 아르바이트생일 뿐이라고 말했다. 번호를 지워서 연락처가 없다고, 어느 앱을 통해 아르바이트를 구했던 것인지 기억이 안 난다고 했다. 가게 주인이 물었다.

"이름이나 사는 데는요?"

"가르친 애기들이 하도 많아서 기억이 안 나는데…….. 진짜 생각이 안 나요."

가게 주인이 한숨을 쉬더니 타이르듯 말했다.

"모른다고 하니 어쩔 수 없지만, 한 번 훔쳤던 애는 또 훔쳐요. 학생이 말 안 해도 어떻게든 찾을 수 있어요."

"훔치는 걸 보셨어요?"

"포켓몬 카드 매대 위에만 CCTV가 네 대 있어요."

"일곱 살짜리가 혼자 와서 카드를 훔쳐 갔다고요?"

"일곱 살이에요? 같이 왔던 애가 2학년이라 초등학교에서 찾고 있었는데, 그럼 근처 어린이집이나 유치원에 다니겠네요."

불쑥 튀어나온 말에 당황하고 있다가 뒤늦게 둘러댔다.

"아, 그쪽에서 가르쳤던 애는 여덟 살이었을 거예요."

가게 주인이 잠시 말이 없다 결심한 듯 말했다.

"매장에 삼십 배부터 합의해 준다고 붙여놓았지만, 이번엔 물건값만 받을게요. 생각 바뀌기 전에 부모한테 전해주세요. 알겠죠?"

내가 대답을 못 하고 우물쭈물하자 가게 주인이 하소연했다.

"삼천 원, 만 원 푼돈이라고 안 찾으면 적자고……. 애들 상대로 이러는 거 나도 힘들어요."

업종을 바꿀 때마다 다투던 부모 모습이 떠올랐다. 가게를 오픈하면 한동안은 적자여서 늘 돈 얘기로 싸웠다. 나는 가게 주인한테 물건값을 보내겠다고 했다. 가게 주인이 처음에는 학생이 왜, 하더니 지친듯 그럼 그렇게 하라고 계좌번호를 알려줬다.

그 후 지후 엄마한테 몇 번이나 문자 메시지를 쓰다가 지웠다. 내가 대신 물건값을 줬다는 데에서 번번이 막혔다. 왜 그랬는지 이유를 설명하기 어려웠다. 무인 매장에 같이 갔던 선생님으로서 책임을 느껴서 그랬던 것도 아니고, 지후가 사달라는 것을 사주지 않았던 게 미안해서도 아니었다. 훔쳐 간 물건값을 대신 내주는 게 맞는 일인지 따지기 전에 주인이 도둑 찾는 일을 그만두게 하고 싶었다. 나한테까지 영향을 미칠 수 있는 성가신 일을 빨리 털어버리고 싶기도 했다. 결과적으로 지후에게 확인하지 않고 가게 주인의 말만으로 지후의 잘못을 인정해 버린 셈이 된 걸 뒤늦게 깨달았지만 그저 가게 주인과 지후 부모 사이에서 곤란해지지 않기를 바랄 뿐이었다.

　며칠 뒤, 강남에서 수업 신청이 왔다. 주로 수업을 가던 지역보다 멀었지만 다른 조건 없이 만 3세인 정우와 놀아 주면 되는 일이어서 버스를 타고 한강을 건너갔다. 정우 엄마는 놀이 선생님이 펑크를 내서 앱으로 급하게 신청한 거라고 했다. 놀이 모습을 CCTV로 보는 것에 동의하고 나자 정우 엄마는 홀가분해진 얼굴로 집을 나갔다. 색종이를 접고, 동요를 부르고, 로봇을 차로 변신시켜 주어도 정우는 금세 싫증을 냈다. 정우 방 한 칸을 가득 채우고 있는 장난감을 꺼냈다가 넣기를 반복했다. 그러다 포켓몬 카드를 모아놓은 클리어 파일을 보게 되었다. 은색, 금색으로 반짝이는 카드들이 잔뜩 모여 있었다. 정우는 피카츄와 뮤를 손가락으로 짚으며 이름을 알려주었다. 다른 포켓몬의 이름은 몰랐고 금방 흥미를 잃더니 레고 박스를 뒤집었다. 내가 포켓몬 카드집에서 눈을 떼지 못하고 있자 정우가 카드 한 장을 빼더니 선생님 가지라고 말했다. 아니야, 우리 뭐 하고 놀까? 뭐 하고 싶어? 하고 물었지만 정우는 카드를 빨리 받으라고 재촉했다. 춤추는 듯한 모습의 핑크색 뮤가 무지개색으로 반짝이는 광선에 휩싸여 있는 카드에는 'Vmax 다이맥스'라고 쓰여 있었다. 카드를 다시 카드집에 꽂아 넣으려고 했더니 정우가 선생님한테 주는 선물이라고, 가지라고 울먹였다. 나는 하는 수 없이 카드를 바지 뒷주머니에 넣고 정우와 퍼즐을 맞추고 장난감 총을 쏘고 영어로 된 그림책을 읽었다.

정우 엄마는 약속한 시간보다 조금 늦게 돌아왔다. 정우가 선생님 또 오라고, 할머니 선생님보다 좋다고 팔을 끌어안았다. 정우 엄마가 커피와 쿠키를 챙겨주었다. 나는 포켓몬 카드가 여전히 뒷주머니에 있는 걸 알았지만 돌려주지 않고 나왔다. 버스정류장에 앉아서 어떤 카드인지 검색해보았다. 브이맥스 뮤 카드는 브이맥스 카드 세트를 숱하게 사도 얻을 수 있을까 말까 한 레어템이었다.

버스를 두 번 갈아타고 지후의 동네로 갔다. 뮤 카드는 이 동네 아이들이 가진 카드 중 가장 좋은 카드일 테니 이제 지후가 좋은 카드를 가지려고 무리하게 애쓸 필요가 없었다. 포켓몬 카드를 훔친다 한들 원하는 카드를 얻을 가능성이 거의 없었다. 지후가 더는 어리석은 도박을 하지 않았으면 했다. 강남 정우 집에서 카드를 돌려달라고 하면 뒷주머니에 넣어놓은 것을 깜빡하고 바지를 빨았다고 할 참이었다. 코인 세탁기로 빨아서 카드가 있었는지도 몰랐다고 하면 될 것 같았다. 아이스크림 가게를 지나 지후가 사는 빌라 앞에 섰다. 6시가 되지 않은 이른 저녁 시간이었지만 빌라 앞은 한밤중처럼 깜깜했다. 지후의 집 우체통엔 제때 확인하지 않은 고지서가 수북하게 쌓여 있었다. 전기세와 도시가스 요금이 밀려 있었다. 포켓몬 카드를 우체통의 고지서들 사이에 끼워 넣었다가 다시 손에 쥐었다. 항상 수업을 끝내고 나오던 시간이니 집엔 할머니와 지후만 있을 것 같았다.

지후네 집 문 앞에 섰다. 심호흡을 하고 초인종을 눌렀다. 지후가 집 안에서 "누구세요?" 하고 물었다.

"선생님인데 잠깐 나와 볼래?"

말이 끝나기 무섭게 지후가 문을 열었다. 그러곤 언제 화를 내며 헤어졌냐는 듯 선생님! 하고 반가워했다. 나는 포켓몬 카드를 내밀었다. 지후가 카드를 보고 환호성을 질렀다.

"선생님, 뮤잖아요! 뮤예요!"

"좋은 카드지? 이제 다른 카드 필요 없지?"

지후가 어리둥절한 표정으로 나를 올려다보았다.

"무지개색은 하이퍼레어예요. 형이 그랬는데 울트라레어가 제일 세대요. 울트라레어는 금색이에요."

"그럼 이건 별로야?"

"아니, 이것도 좋아요."

뮤 카드를 보자마자 기뻐했던 것과 달리 이번에는 아쉬움이 있어 보였다. 부드러운 목소리를 내려고 노력하며 물었다.

"아이스크림 가게에서 포켓몬 카드 그냥 가져왔어?"

지후가 겁에 질린 눈으로 나를 쳐다봤다. 엄한 목소리로 다시 묻자 눈을 맞추지 않고 손에 쥔 뮤 카드만 만지작거렸다.

"아니지? 선생님한테 전화 왔었어."

"이거 다시 가져갈 거예요?"

지후가 나를 올려다보며 물었다. 아니야, 걱정하지 마, 하고 타이르자 지후가 울먹이며 말했다.

"엄마가 카드 다 찢어버렸어요. 형이 시켜서 그랬다고 해도 내가 잘못했대요. 형이 한 번은 괜찮다고 했어요. 형도 한 번 가져갔는데 괜찮았대요. 근데 나만……."

"좋은 카드가 나왔어?"

지후가 없었다고 고개를 흔들며 소리 내어 흐느꼈다. 지후를 안아 다독여주었다. 가게 주인이 어떤 마음으로 지후를 찾아낸 것인지 짐작이 가지 않았다. 폴리에스테르 패딩에 흡수되지 않은 지후의 눈물이 맺혔다. 집 안에서 누가 왔냐고 묻는 지후 할머니의 목소리가 들렸다. 나는 지후 귀에 대고 속삭였다.

"진짜 세지는 방법이 있어. 카드를 한 장도 가지지 않는 거야. 아무것도 없으면 대결을 할 수 없잖아. 어때?"

지후가 내게서 떨어져 고개를 들었다. 손에 쥔 카드를 숨기며 말했다.

"싫어요. 빼앗아 가지 마세요."

내가 설득해 보려고 하자 지후가 할머니를 부르며 집 안으로 들어갔다. 나는 지후가 다시 나와 카드를 돌려주기를 기다렸다. 얼마나 시간이 흘렀을까, 다시 문을 열어본 지후가 내가 여전히 서 있는 것을 보고 선생님, 가세요! 소리치고 문을 잠갔다. 지후는 무서운 것을 보았다고 이야기했을 때처럼 겁에 질린 얼굴이었다.

버스를 타러 가는 길에 환하게 빛을 밝힌 아이스크림 가게가 보였다. 가게에 들어가자마자 포켓몬 카드가 놓여 있는 매대가 있었다. '훔쳐가지 마세요. 도난은 범죄입니다'라는 글씨를 뚫어지게 쳐다보았다. 지후가 그랬을 것처럼 카드를 뒤적이며 고르고 여러 개를 꺼내 돌려 보다가 하나를 호주머니에 넣었다. 경고음이 울리지도 않았고 CCTV에서 목소리가 나오지도 않았다. 키오스크에 붙어 있는 모션 인식 CCTV만 내가 움직일 때마다 따라 움직일 뿐이었다. 포켓몬 카드 매대 위에 달려 있는 CCTV의 개수를 세어보고 주머니에서 포켓몬 카드를 꺼냈다. 포켓몬 카드를 느껴보려 해도 내겐 비닐에 든 조잡한 장난감일 뿐이었다.

카드를 매대에 던져놓고 아이스크림을 계산해 나왔다. 물건은 그저 물건이었다.

며칠 동안 모르는 번호로 전화가 올 때마다 긴장하고 받았다. 아이스크림 가게에서는 연락이 오지 않았다. 다만 정우 아빠에게서 전화가 왔다. 나는 생각해 뒀던 대로 이야기했다. 뮤 카드는 정우가 내게 준 것이니까 문제가 없을 거라고 생각했다. 정우 아빠가 말했다.

"가져가면 안 된다는 거 알죠?"

나는 정우가 울어서 받지 않을 수 없었다고 대답했다.

"그럼 돌려주고 갔어야죠. 어렵게 모은 겁니다. 어떻게 보상할 겁니까?"

보상을 해야 되는 거냐고 묻자 정우 아빠가 그럼요, 하고 단 한 순간도 주저하지 않고 말했다.

"아무리 생각해도 그냥 넘어갈 순 없습니다. '포켓몬고' 게임 하시죠?"

나는 안 한다고, 깔았다가 금방 지웠다고 대답했다.

"계정 알려줄 테니 30레벨 만들어놓으세요. 어때요?"

기한이 있는 거냐고 물었더니 그냥 시간 날 때마다 해달라고 했다. 포켓몬고는 볼을 던져 포켓몬을 잡는 게임인데, 이동 장소에 따라 다른 포켓몬이 나왔다. 이동할 일이 많은 나로서는 어렵지 않을 것 같았다. 그런데 왜 게임을, 하고 문자 학생이라서 봐주는 거라고, 정우를 위해 준비하고 있는 거라는 알 수 없는 대답을 했다.

그게 어떤 의미인지는 포켓몬고를 하면서 서서히 알아차렸다. 게임을 시작하자마자 수두룩하게 잡았던 포켓몬은 개체값이 낮아 배틀에서 소용이 없었다. 희귀한 포켓몬은 쉽게 나타나지 않았고 나타났다 해도 볼을 계속 던지는 사이 도망가 버렸다. 포켓몬은 어디에나 있는 것 같았지만, 내가 사는 고시원 근처에는 한 마리도 없었다. 어디론가 가지 않으면 새로운 포켓몬을 잡을 수 없었다. 개체값이 높은 포켓몬을 잡아 배틀에서 이기거나 희귀한 포켓몬이 도감에 등록되면 뿌듯했다. 대단한 걸 가지게 된 느낌이었다. 언제부턴가 포켓몬이 나타나면 신을 만나는 기분마저 들었다. 정우는 높은 레벨에서 시작해 누군가에게는 신과 같은 포켓몬들을 쉽게 얻을 터였다.

20레벨이 넘자 좀처럼 레벨이 올라가지 않았다. 일부러 먼 거리를 걷고 더 많은 시간을 게임에 매달렸다. 포켓몬을 많이 잡아 구슬을 모아야 포켓몬을 진화시키거나 강화시킬 수 있었다. 변신을 하면 포켓몬은 이름과 모습이 바뀌고 개체값이 높아졌다. 너그러운 벌칙처럼 주어진 미션이었지만 정우 아빠에게 연락이 오기 전에 레벨을 달성하고 포켓몬에서 해방되고 싶었다. 포켓몬이 변신을 자주, 많이 한다면 더 빨리 해방될 수 있었다.

올림픽공원에 가서 포켓몬을 잡았다. 포켓몬이 많은 포켓스탑은 사람이 많은 곳에 있었다. 성수동에, 홍대에 갔다. 남산을 따라 걷다가 신라 호텔 앞에서 멈췄다. 지도를 보니 영빈관에 기라티나가 나오는데 결혼식장이라 들어갈 수 없었다. 전광판에, 카페 메뉴판 화면에 뜨는 모든 상이 포켓몬처럼 보였다. 휴대전화 화면을 보고 걸어가다가 고개를 돌리면 허름한 옷차림의 아이가 옆을 스쳐 지나가고 있었다. 지후인 줄 알고 화들짝 놀랐다가 정신을 차리고 보면 지후였는지, 아니었는지 알 수 없었다. 거리의 모든 아이가 지후 같았지만 지후가 아니기도 했다. 앞으로 만날 스물네 명 아이들의 이름을 지후와 헷갈리지 않고 부르고 싶었다. 유치원 교사로 일하기 위해선 반드시 아이들의 이름을 알아야 했다.

포켓몬을 잡고 있던 아이가 나와 같이 멈춰 서서 손가락으로 볼을 던졌다. 우리는 변신을 기다리고 있었다.

● 루프

루프
2021년 아르코문학창작기금사업 수혜작

*

　루프가 생긴 뒤로 창문 앞에 서서 밖을 내다보는 시간이 많아졌다. 신호가 바뀌고 뒤늦게 횡단보도를 건넌 사람은 몇 명인지, 아슬아슬하게 버스를 놓친 사람은 몇 명인지 세어본 후 그 수에 조심스럽게 루프와 나, 둘을 더했다. 더한 숫자가 크면 클수록 외롭지 않은 기분이 들어서 한번 시작하면 그 일을 쉽게 멈출 수 없었다. 8차선 도로를 양옆으로 낀 주상복합 아파트에는 분주하게 변하는 세상의 기색이 도로를 오가는 차량의 헤드라이트 불빛으로, 시시때때로 바뀌는 대형 쇼핑몰의 광고 문구로 늘 어지럽게 침입해 들어왔다.

　사이렌 소리나 오토바이의 굉음에 잠을 깨면 루프의 방

으로 들어와 광활한 도로 너머 어둠에 휩싸인 야산을 바라보았다. 산의 중턱쯤, 우거진 나무 사이에 인공의 불빛에 오염되지 않은, 마치 자궁 속처럼 어둡지만 생명이 내는 소리들로 외롭지 않은 공간이 있을 것만 같았다. 루프의 방에 베이지 톤으로 색을 맞춘 베이비 옷장과 서랍장, 책장을 구비해 놓았지만 들어올 때마다 무언가 중요한 것을 놓친 기분이 들었다. 창문에 남대문의 원단 가게를 돌면서 고른 별과 꽃 모양 자수로 된 레이스 커튼을 달아도, 책장에 말놀이 동요책과 초점책을 가득 꽂아놓아도 어딘가 부족하다는 느낌을 지울 수 없었다. 고민만 하다 구매를 미루어놓은 아기 침대 때문일 거라고 짐작해 왔지만, 아기 침대가 들어온다고 해서 완전하고 충만히 아기를 맞을 준비가 되었다는 느낌이 들지에 대해서는 확신이 없었다.

신생아용 아기 침대는 사용 기간이 짧은 데 비해 들여놓으려면 품이 많이 들었다. 안전 가드가 있고 사용하기 편리해 평이 좋은 침대는 모두 조립식이었다. 완제품을 중고로 사자니 분해를 한다 해도 내가 모는 소형차에는 실리지 않았고, 새것을 사자니 조립 과정을 찾아보면 혼자 해내기엔 버거워 보였다. 아기와 안방에서 같이 잘지, 처음부터 따로 재울지도 결정하기 어려웠다. 방에서 혼자 재우다 아기가 잘못되기라도 하면? 그런 일을 상상하면 양육 방식의 문제보다 결혼을 하지 않고 아이를 기르겠다고 한 비혼모에 대한 원색적인 비난이 먼저 떠올랐다. 그러니까 아기에겐 양육자가 반드시 둘이어야 한다는 둥, 아이를 기르는 것이 고단해 고의로 혼자 두었다는 둥의 말을 생각하면 왜 하필 나한테 찾아와서는, 하는 원망이 절로 차올랐다. 고작 두 달밖에 되지 않는 출산 휴가이기에 아기 침대를 따로 두기보다 보드라운 몸을 옆에 끼고 자며 배가 고플 때마다 부족하지 않게 모유를 주고 싶은 마음도 있었다. 끝까지 망설이다 임신 36주에 주문한 이케아 굴리베르 침대가 엄마가 오기로 한 날 아침에 배송되었다.

배송 기사에게 루프 방에 놓아달라고 했던 박스를 거실로 들고 나왔다. 유튜브에서 침대를 조립하는 과정을 찾아 여러 차례 돌려 본 후 허리 높이까지 오는 박스를 눕혀 프레임을 꺼냈다. 무릎을 꿇고 앉아 프레임 하나하나에 싸인 포장 종이를 벗겨 냈다. 조심하려 해도 불러올 대로 부른 배에 프레임이 자꾸 부딪혔다. 프레임을 들어 옆으로 옮길 때 앞으로 넘어지지 않으려고 애를 쓰다 보니 치골통이 몰려왔다. 배가 딱딱하게 뭉치기 시작했다. 몸을 일으켜 소파에 허리를 기대고 앉았다. 예비맘을 위한 출산 교실에서 배운 라마즈 호흡법을 떠올리며 코로 숨을 들이마시고 입으로 길게 내뱉었다. 온몸을 이완시킨다는 느낌으로 목과 어깨, 손목에 힘을 뺐다. 머리를 양 갈래로 묶은 여자아이가 나를 꼭 끌어안아 주는 모습을 상상하며 엔도르핀이 돌게 해보려고 애썼다. 딱딱해졌던 배가 풀리고 부드러운 태동이 느껴졌지만 초조한 마음은 가시지 않았다. 엄마가 오기 전에 침대를 완성해 완벽하게 준비된 아이 방을 보여주고 싶었다.

침대 가로 부분의 긴 프레임에 헤드 부분의 짧은 프레임을 연결하려면 구멍에다 맞춤목을 끼워야 했다. 헤드 부분의 프레임을 세워 배로 지탱하고 가로 부분의 긴 프레임을 들어 올렸다. 구멍이 너무 좁게 뚫린 것인지 한 번에 끼워지지 않았다. 위의 구멍에 끼워졌다 싶으면 아래가 어긋나 있고 아래에 끼워졌다 싶으면 윗부분이 어긋나 있었다. 부드러운 느낌을 주었던 흰색의 프레임은 차갑고 단단한 목재일 뿐이었다. 맞춤목이 구멍에 어긋날 때마다 프레임이 배에 부딪혔고 묵직한 통증이 몰려왔다. 배가 다시 단단하게 뭉쳤지만 지체할 시간이 없었다. 겨우 프레임 두 개를 고정시켰다. 다음 단계로 긴 나사를 렌치로 돌려 너트에 끼워야 했다. 잘 들어가는 듯했던 나사가 중간에 멈췄다. 손이 빨개지도록 렌치에 힘을 주어도 더 이상 돌아가지 않았다. 설상가상으로 포장 박스 옆에 꺼내두었던 너트들이 보이지 않았다. 그때 엄마한테 전화가 왔다. 지하철역에서 택시를 탔다고 필요한 게 없는지 물었다. 오후에 온다며? 했더니 그냥 일찍 출발했다는 대답이었다. 과일을 사다달라고 했더니 엄마는 무슨 과일이 먹고 싶은지 묻지도 않고 알았다며 전화를 끊었다.

길게 잡아도 삼십 분이면 엄마가 올 것이었다. 빠지지도, 박히지도 않는 나사를 붙잡고 낑낑대다가 일단 보이지 않게 다시 루프 방에 밀어 넣어두기로 마음을 바꿨다. 임신하고 처음 엄마를 보는데 안부 인사를 나누기도 전에 이거 봐라, 뭐라고 했냐, 네 삶은 이제 계속 수습할 수 없을 지경의 난장판일 거다,와 같은 의미의 말이 쏟아져 나오는 건 참을 수 없었다. 기역 자로 연결된 프레임 두 개를 들어 먼저 방으로 옮겼다. 부른 배가 거추장스러워 진땀이 났다. 아기 침대를 끝까지 사지 말걸 하는 뒤늦은 후회가 들었다. 처음 배송되어 온 것처럼 포장해 다시 루프 방에 가져다 놓느라 온몸이 땀으로 젖었다. 속상한 마음을 채 가라앉히기도 전에 엄마는 귤 한 봉지를 사서 집으로 들어왔다.

임신 35주에 엄마한테 곧 손녀가 태어날 거라고 말했다. 고르고 고른 단어였다. 아기보다는 내 딸, 내 딸보다는 손녀라는 단어가 엄마한테 친근한 인상을 줄 수 있을 것 같왔다. '손녀'는 엄마와 내 딸, 오직 둘만의 관계를 부각시켜 아직은 태아 상태인 이 아이가 이미 거부할 수 없는 존재임을 선언하는 단어이기도 했다. 임신을 지속하기로 결정했을 땐 출산까지 혼자 해낼 수 있을 줄 알았다. 임신 30주가 지나 출산이 임박해 오자 점점 자신이 없어졌다. 그래도 약사인데, 하고 마음을 다잡아 보아도 소용없었다. 오히려 출산의 가장 나쁜 케이스들만 자꾸 떠올랐다.

산부인과와 소아과가 있는 병원 1층 약국에서 오 년 넘게 일했고, 오 년 동안 일 년에 서너 번은 아이의 머리가 산도에 낀 채로 출산이 거의 임박해서 들어오는 산모를 봤다. 분만실로 옮겨지는 동안 산모의 울부짖음, 여기저기 들려오는 호통과 애원 같은 소란에 보지 않으려 해도 시선이 약국 밖으로 향했다. 내 몸은 다를 줄 알았는데 임신 중기부터 가진통을 겪으면서 농담처럼 얘기하는 택시 안에서라든지, 아니면 구급차 안에서, 지하철의 공중화장실 안에서 아이가 태어날 것을 걱정해야 했다. 32주 진료에서 자궁 경부 길이가 짧아졌다고 했다. 가진통은 언제든 진짜 진통으로 이어질 수 있었다. 수술이 아니라면 아이는 질이 아닌 다른 통로로는 나올 수 없었고, 내 의지와 관계없이 가장 성적인 부위를 어디에서든 내보여야 할지도 모른다는 가능성, 몸의 권리를 주장할 수 없는 상황을 떠올리면 절로 식은땀이 났다.

자궁 경부가 짧아졌다는 사실을 알고 나서는 외우기라도 할 태세로 맘카페에 올라오는 출산 경험담을 읽고 또 읽었다. 개중에는 저도 모르게 입술을 질끈 깨물게 되는 두려운 이야기들이 있었다. 분만실로 가는 엘리베이터 안에서 거부했음에도 불구하고 의사가 억지로 레깅스를 벗기고 내진을 했다는 이야기, 제왕절개를 하고 하반신 마취가 서서히 풀리고 있는 상태에서 회진을 온 의사가 오로가 얼마나 나왔는지 살피곤 클리토리스를 만졌다는 이야기 같은 건 아무리 출산 과정이라지만 용납하기 어려웠다. 아이가 태어나는 숭고하고 자연스러운 과정이라고 스스로를 다독이기엔 나 스스로를 온전히 지킬 수 없고, 미심쩍은 일을 당했다 하더라도 잘못인지 아닌지 주장하고 입증할 수 없는 게 출산인 것만 같았다.

분비물이 조금만 보여도 카페에 글을 남겼다. '이게 이슬일까요?' 대체로 아니라는 답이었지만 초조하고 불안한 마음이 가시지 않았다. 조금 많이 걸은 날에는 시도 때도 없이 배가 강하게 조여왔는데 그게 진통인가 싶어 하루에도 수십 번 진통 앱을 켜놓고 시간 간격을 쟀다. 임신성 갑상선 기능 저하증으로 임신 초기부터 약을 먹었고 임신 중기가 지나고 나서부터는 임신성 당뇨 증상까지 나타났다. 나이와 증상으로 고위험 산모로 분류되었고, 대형 병원에 의존하지 않는 방식의 출산은 선택하기 어려웠다. 출산 과정에서 의사와 간호사를 따라다니며 사사건건 참견하고 쓴소리를 집요하게 할 수 있는 사람, 조금이라도 이상한 징후가 보이면 앞뒤 가리지 않고 달려들어 소란을 일으킬 사람, 아무리 머리를 굴리며 찾아보아도 엄마밖에 없었다.

*

　우리는 우주의 모든 에너지를 느낍니다. 행성의 소멸과 탄생, 물의 이동, 5000만 년 전 물고기 떼의 때 이른 죽음에서 비롯된 신음 소리까지 우주의 진동 속에서 우리가 존재합니다. 모두와 연결된 생이야말로 비로소 생이며, 유한하고 허망한 몸속에 갇힌 생은 단절된 공간으로 향하는 죽음입니다. 우연한 연결로 단백질 덩어리 속에 갇히면 우리는 에너지로 회귀하려 애씁니다. 면역세포의 공격을 유도해 답답한 아기집 안에서 빠져나가려고 노력합니다. 탯줄을 목에 감거나 심장이 멈추게 하는 등의 노력으로 양수 속 우주의 울림이 단절되기 전에 회귀해야만 합니다. 우리에겐 우리로 남을 기회가 남아 있습니다.

*

엄마는 떨떠름한 표정으로 생각보다 집이 좋구나 했다. 통통 불은 내 얼굴이나 다리를 보고 한마디 할 줄 알았는데 그런 건 엄마의 관심거리가 아니었던 모양이었다. 신축 24평 아파트의 주방 팬트리와 실외기실까지 열어본 다음 마치 집을 사러 온 사람처럼 현관과 화장실을 꼼꼼히 살폈다.

"남향 맞니? 집이 왜 이렇게 어두워?"

"불을 안 켜도 환한데 집이 어둡다고요?"

내가 반사적으로 집을 옹호하자 엄마는 어쩐지 더 의기양양해진 목소리로 흥을 잡았다.

"이렇게 도로 한가운데에 있는 집을 그 돈 주고 사다니, 너도 참……."

"듣기 좋은 말 아니면 하지 마세요."

"고집하곤. 봐라, 애도 지우면 될 걸 뭐 하러 욕심을 부려서는."

"엄마 손녀예요."

"손녀는 무슨, 아직 낳지도 않았으면서. 낳자마자 입양 보내."

"그게 지금 입이랑 귀가 다 생긴 애 앞에서 할 소리예요?"

불러올 대로 부른 배를 지고서 흥분해 숨을 가쁘게 몰아쉬자 엄마는 못마땅한 기색을 감추지 않았다. 임신 소식을 알리고 나서 엄마가 내게 쏟아부었던 말들이 떠올랐다. 처음엔 결혼을 하라고 했고 결혼이 안 되겠으면 혼인신고라도 하라고 했다. 결혼을 하지 않고 애를 낳아 기르는 것과 결혼을 했는데 헤어져서 애를 혼자 키우게 된 것은 본질적으로 다르다는 것이었다. 어떻게 다른데? 하고 물으면 사람들이 보는 눈이 다르다고, 그 말을 이해하지 못하는 나를 답답해했다.

엄마가 무슨 말을 하는지 모르는 게 아니었다. 비혼모라고 하면 흔히 떠올리는 나쁜 쪽을 내가 엄마보다 더 자주 생각했다. 합의되지 않은 아이는 그 존재 자체가 일방적이고 강제적인 성관계를 맺었다는 증거처럼 여겨질 수 있었다. 누군가는 아이와 나를 두고 강간, 성폭행 같은 것을 떠올릴 수도 있을 것이다. 아니면 피임을 생각하지 못할 정도로 성적인 쾌락에 빠진 사람, 그러니까 쉽게 접근하고 쉽게 성적인 대상으로 생각해도 아무런 문제가 없는 사람으로 낙인찍힐 수도 있었다. 제 몸에 대한 책임감이 없고 나쁜 관계를 거절하지 못하는 어리석은 사람으로 보일 수 있다는 것조차 고려해 보았다.

하지만 아이의 생물학적 아빠와 나는 어떻게 보면 너무

뻔해서 지루하기까지 한 평범한 관계였다. 처음부터 둘 다 결혼엔 뜻이 없다는 것을 알고 만났다. 아이가 생긴 걸 알고 내가 임신을 지속하기로 선택한 후 잦은 다툼과 끝내는 헤어지기로 한 결정이 있었지만, 수많은 커플이 헤어지듯 그저 서로가 맞지 않아 합의하에 헤어진 것뿐이었다. 내가 사람들에게 나쁘게 보일 수 있다는 엄마의 말은 그저 본인의 체면을 먼저 챙기는 억지처럼 여겨졌다. 나는 누구에게라도 내 아이에 대해 떳떳할 수 있는데 남들 보이기에 낯부끄럽다고 여기는 건 엄마였으니까.

엄마가 혼인신고 얘기를 할 때마다 결혼이라는 제도가 불러오는 나쁜 관계에 대해 말할 수밖에 없었다. 친구의 친구 이야기, 언젠가 엄마한테 들었던 정육점집 둘째 딸 이야기 같은 것을 하다가 결국 작은아버지와 고모, 할머니 이야기를 꺼내게 되었다. 이번에도 마찬가지였다. 아빠가 돌아가시고 한 달이 채 되지 않았을 때 작은아버지들이 집에 들이닥쳐 통장을 내놓으라고 소리치고 온 집 안을 헤집어 엎었던 일, 어느 일요일 아침 갑자기 찾아온 할머니가 노기 성성한 얼굴로 엄마한테 제사상을 차리러 오라고 호통치며 제수용 생선을 집어 던졌던 일을 얘기했다. 검은 비닐봉지에 싸여 있던 팔뚝만 한 조기가 식탁 위로 튀어나와 핏물 맺힌 눈알을 드러냈다. 다시는 볼 일 없다는 엄마의 단호한 태도에 할머니는 서운함을 감추지 못하며 머리가 부러진 생선을 챙겨 갔는데, 그때부터 할머니를 생각하면 탁한 회색빛에 핏물이 맺혀 있는 조기의 눈알이 먼저 떠올랐다.

나는 엄마가 와서 아이를 기르는 정상적인 가정을 운운한다 해도 끝까지 아저씨 얘기는 꺼내지 않을 생각이었다. 아저씨 얘기를 했다가는 부모와 자식 사이에서 아슬아슬하게 지켜지고 있는 경계가 무너지며 오래 묵어 원한이 된 원망이 서로를 상처 입히게 될 것 같았다. 엄마가 양친 부모와 형제가 있는 이상적인 가정으로의 입양에 대해, 그런 일을 도와줄 기관에 대해 끊임없이 늘어놓지만 않았더라도 아저씨 얘기는 꺼내지 않았을지 모른다. 엄마가 들고 온 입양 기관의 브로슈어에는 하필이면 백인 가정에 입양된 동양인 아이의 사진이 커다랗게 프린트되어 있었고, 그 아이가 비혼모에게서 자란 아이보다 행복할 거라는 엄마의 논리에 하얗게 질린 나는 결국 십칠 년 동안 하지 않았던 아저씨 얘기를 엄마와 나 사이에 떨어뜨려 놓고야 말았다.

"엄마는 그래서 다른 가정이 있는 아저씨하고 나를 키웠어? 없으면서 있는 척, 비겁하면서 비겁하지 않은 척 지겹지도 않아?"

그 말을 하자마자 엄마의 표정이 무섭게 굳어졌다. 화가 난 것 같기도 하고 울분에 차 있는 것 같기도 했다.

"문씨 아내가 너한테도 연락했냐?"

"누구? 아저씨 와이프 말하는 거야?"

"그래, 문씨 아내가 나한테 서류를 보냈다. 문씨랑 연락하고 지냈어?"

"내가 아저씨하고 연락을 왜 해. 무슨 서류길래?"

"사실혼 관계가 아니었음을 증명하는 서류란다. 지금 요양원에 있단다. 네가 가서 지장이든, 도장이든 받아 와. 그러는 게 낫겠다."

"그런 걸 왜 해줘야 되는데?"

"서류를 보내지 않으면 소송을 걸겠단다."

엄마는 머리가 지끈거린다는 듯 인상을 쓰며 텔레비전을 틀었다. 중요한 볼거리라도 찾는 듯 500번이 넘는 채널을 하나하나 돌려 보다가 급기야 소파 팔걸이에 머리를 대고 누웠다. 먼 거리가 아님에도 일 년에 겨우 한두 번 엄마를 보고 살았던 이유가 여기에 있었다. 엄마가 리모컨을 잡고 누우면 무슨 말을 하든 제대로 들어주지 않았다.

숨을 고르고 수유를 위해 사놓은 1인용 이케아 암체어에 조심스럽게 앉았다. 엄마에게 임신 소식을 알린 뒤 시도 때도 없이 걸려오는 엄마의 전화에 휴대전화 진동음이 무서울 지경이었다. 이렇게 열정적으로 내 일에 나서는 게 어리둥절할 정도로 애를 처리해 줄 의사를 찾았다는 얘기를 하지 않나, 애 아빠 도장을 파서 혼자서라도 혼인신고를 해버리라고 하질 않나. 그러다 네 고집대로 혼자 낳아 기를 거면 인연을 끊자는 말을 통화할 때마다 했다. 그럴 때마다 엄마한테 도움 청한 것을 후회했다. 오래전 연락이 끊겼지만 당시엔 서로의 아이 이름을 지어주었던 중학교 시절 친구나 유독 책임감이 강했던 대학 시절 과 대표한테 적절한 사례를 하고 부탁하는 게 나았을 거라는 생각마저 들었다. 생각지 못한 아저씨 일까지 듣고 나니 엄마를 출산에 끌어들이기 전의 시간으로 되돌아가고 싶은 심정이었다.

당장 출산 휴가 중 급여 문제로 약국을 찾아가 봐야 했고 아이에게 예상하지 못했던 질환이 있어 출산 휴가 이상 쉬어야 할 경우를 대비해 추가 대출을 알아봐야 했다. 내가 아저씨 얘기를 꺼내지 않았다면 엄마는 아저씨의 아내에게 연락이 온 것을 얘기하지 않고 혼자 모든 일을 알아서 처리했을까? 어쩐지 엄마는 내가 엄마 말에 순종하지 않는 데 대한 벌을 주자고 작정하고 온 것 같았고, 완전히 떠나온 줄 알았던 엄마의 안방 문이 다시 눈앞에서 열려버린 기분이 들었다. 호흡에 신경을 써도 배가 조여들며 때때로 강한 통증이 몰려왔다. 뱃가죽이 딱딱해지면서 배가 한쪽으로 솟아올랐다. 배의 경직이 꼭 루프의 경직인 것만 같아 통증과 통증에 따라오는 불안감은 아무리 겪어도 익숙해지지 않았다. 텔레비전 채널은 다시 1번으로 돌아가 차례로 넘어가고 있었다.

*

 우리는 절망하지 않습니다. 회귀는 우주의 마땅한 원리이고 우리는 진동하는 입자일 때처럼 춤을 추며 우리의 기원을 세포 하나하나에 새겨 넣습니다. 우리의 존재를 결정짓는 것은 DNA가 아니며 누군가의 의지 또한 아닙니다. 다만 우리의 춤, 에너지로의 회귀를 꿈꾸는 우리의 춤이 우리의 존재를 만들어갑니다. 우리는 모두의 꿈과 무의식 속에 진동하는 태초의 모습 그대로 각인되어 있습니다.

*

 거실에 요를 깔고 누운 엄마는 밤새 텔레비전을 틀어놓았다. 채널이 끝없이 이동하며 영어와 일본어, 중국어가 뒤섞이고 웃음소리와 울음소리가 연이어 흘러나왔다. 덩달아 잠을 이루지 못하며 10킬로그램짜리 쌀 포대를 배에 올려놓고 있다고 상상했다. 내가 겪는 고통은 위대한 모성을 위해 감내해야 하는 희생이 아닌 10킬로그램짜리 쌀 포대를 하루 종일 들고 있으면 뒤따르는 몸의 단순한 반응일 뿐이다. 어떤 자세로 누워도 허리와 치골이 아파 얕은 잠을 자며 김이 모락모락 오르는 밥 한 그릇을 떠올렸다. 내가 지고 있는 쌀 포대의 쌀은 차지고 윤기가 흘러서 밥을 하면 고소한 단맛이 입 안에 오래 감돌 것이었다. 밥 한 그릇만으로도 허기를 채우기에 충분해서 서두르지 않고 느긋하게 입 안에 감기는 밥알을 음미할 수 있을 것이다.

어느새 잠이 들었는지 일어났을 땐 동향으로 난 부엌 창에서 아침 햇살이 정오처럼 강하게 쏟아져 들어왔다. 엄마는 된장찌개를 끓이고 계란말이를 하며 분주하게 아침을 준비하고 있었다. 엄마가 와 있어서인지 이 집이 꼭 문씨 아저씨와 함께 지내던 시절의 집같이 여겨졌다. 그 집 부엌의 창도 동쪽으로 나 있어서 아침을 먹을 때면 등이 뜨거웠다.

문씨 아저씨를 처음 봤을 때의 계절을 따져보면 늦가을이었는데 아저씨를 생각하면 길어진 햇빛, 따뜻하게 일렁이는 봄 공기 같은 것들이 먼저 떠오른다. 그건 아빠의 장례를 치르고 난 직후의 계절이었는데, 아저씨를 만난 뒤의 엄마가 이미 지나가 버린 봄을 애써 붙잡아두는 사람 같아서 그 계절이 생각나는 것인지도 모르겠다. 엄마는 밤늦도록 오지 않았다. 그즈음엔 그런 날이 많았기 때문에 나는 내 방에서 먼저 잠을 잤다. 열 살 때였고, 학교에 갈 준비를 하려고 방에서 나오는데 문씨 아저씨가 안방에서 아빠의 파자마 바지를 입고 나왔다. 아빠가 걸어 나오는 줄 알고 얼어붙은 채 아저씨를 쳐다봤는데, 아저씨가 나를 보고 부끄러운 듯 미소 지었다. 나는 이상하리만치 자연스럽게 아저씨를 받아들였다. 아빠가 돌아가신 지 채 반년도 되지 않아 엄마가 아빠를 꼭 닮은 남자와 안방에서 잠을 잔다는 사실에 거부감을 가질 법도 한데, 나는 아저씨가 집에 올 때마다 반가워했다. 아저씨는 체형이나 키, 피부색, 머리 스타일까지 아빠와 닮은 사람이었다. 다른 점이라면 온화한 성격이었는데, 조곤조곤 수다스러운 편이었고 그러면서도 엄마가 무언가를 하자고 하면 이것도 좋고 저것도 좋다고 했다. 긴장 상태가 계속되었던 집 안이 조용하고 평화로워진 것, 다시 살아난 듯한 엄마의 활기에 안도했던 것 같다.

　아저씨가 집에 오기 전엔 식탁 위에 약봉지가 종류별로 수북하게 쌓여 있었다. 엄마도 나도 아빠가 남기고 간 약봉지 위에 새로운 약을 더하기만 했지, 치워버리지 못했다. 아빠는 의사가 하라는 대로 한 번도 거르지 않고 식후 30분을 지켜 약을 챙겨 먹었다. 항암제가 듣지 않고 암이 위에서 럼프절, 췌장, 간, 마지막에는 복막까지 전이되었지만 병원에 있는 동안에도 겉으로는 끝까지 포기하지 않았다. 마지막 날 밤 내게 아빠 괜찮으니까 집에 가서 자고 학교 가라고, 아빠 안 죽는다고 말할 정도로 살겠다는 의지가 강했다. 나는 그 말을 믿고 학교에 갔고 1교시가 끝나기 전에 조퇴했다. 아빠는 그날 새벽부터 의식이 없는 상태였는데 아빠의 뜻에 따라 나는 아빠의 마지막을 보지 못했다.

아빠가 병원을 오가는 동안 온 가족이 식탁에 둘러앉아 밥을 먹는 일은 손에 꼽을 정도로 드물어졌다. 아빠는 약봉지를 앞에 두고 죽이나 미음을 먹었고, 엄마가 좋다는 말을 듣고 수소문해서 구해 온 무슨 즙을 가루에 타서 먹고 말았다. 그러는 와중에도 죽이 짜네, 이 즙은 상한 것 같네, 하며 모든 음식에 타박을 놓았다. 어떤 날은 죽이 너무 뜨거워서 못 먹겠다며 화를 냈고, 또 어떤 날은 너무 식어서 못 먹겠다고 화를 냈다. 나는 아빠의 장례식 날 차려진 육개장과 편육을 한 끼도 거르지 않고 차려주는 대로 다 먹었다. 기가 막히다는 표정으로 나를 보던 고모가 더 먹겠냐고 물었을 때 아니라고 고개를 저었지만, 적당히 매콤하고 씹을 거리가 있는 음식에 혀의 감각이 살아나 숟가락질을 멈출 수가 없었다.

아저씨가 두 번째로 자고 간 날 아침에는 압력밥솥 추가 돌아가는 소리에 잠을 깼다. 고소하고 달큰한 냄새가 집 안을 채우고 있었다. 식탁의 약봉지가 사라지고 두부와 애호박, 소고기가 들어간 된장찌개와 케첩이 뿌려진 계란말이, 시금치무침이 예쁜 반찬그릇에 놓여 식탁에 차려졌다. 갓지은 차진 쌀밥을 입 안에 머금으며, 아저씨는 엄마한테 자네 참 음식 솜씨가 좋아, 했고 나는 아저씨가 밥을 두 그릇째 싹싹 긁어 먹는 것을 보고 건강함이 주는 허기와 탐욕에 감사했다. 아저씨는 금요일 저녁에 와서 월요일 아침에 갔다. 아저씨와 야구를 보러 가고, 마트에 장을 보러 갔으며 외식을 했다. 아저씨는 백화점에서 옷을 사주었고 나는 아저씨가 마음에 들어 하는 옷을 내 마음에 드는 양 골랐다. 모르는 누가, 딸이 아빠를 참 많이 닮았네요, 하면 엄마를 따라 멋쩍게 웃었다. 아빠가 아픈 동안 하지 못했던 것들을 아저씨와 하나하나 해나갔고 자, 오늘은 어딜 가볼까, 묻는 아저씨의 활기에 매료되었다. 나는 어쩌면 엄마보다 더 아저씨를 좋아했다. 아저씨가 아빠처럼 굴며 자리를 채워준 것을 거리낌 없이 충분히 받아들였다. 엄마와 아저씨의 관계 속에서 나 또한 안정을 되찾았음을 엄마가 누구보다 잘 알았다.

엄마가 친구와 통화하는 소리, 또 아저씨에게 넌지시 하는 말들을 통해서 처음부터 아저씨에게 다른 가정이 있다는 사실을 알았다. 아저씨는 그 가정에 우리를 알릴 생각이 없었다. 내가 대학에 가기까지, 근 십 년에 달하는 세월 동안 그 가정에 한해서만은 철저히 비밀로 부쳐졌다. 나는 엄마 성격에 그 시간을 어떻게 견뎠는지, 정상적이지 않은 관계를 어떻게 이어올 수 있었는지가 늘 궁금했다.

엄마와 나는 아빠와 함께 살았던 집에서 아저씨를 맞이하며 삼 년을 버텼다. 인천의 서쪽 끝, 간척지였던 곳을 신도시로 개발한 그 동네에선 빽빽하게 세워진 아파트 동과 동 사이로 바닷바람이 불었다. 겨울에는 얼굴의 피부가 터두 볼이 쉽게 붉어졌다. 가끔은 비둘기를 닮은 갈매기가 날아다니기도 했다. 층과 층 사이, 엘리베이터가 멈춰 설 때마다 나와 엄마를 흘끔거리는 시선을 느꼈고, 매일같이 학교를 함께 오고 가던 친구가 별다른 이유 없이 어색하게 나를 피하기도 했다. 저 아저씨가 새아빠야? 하고 묻는 친구도 있었다. 목욕탕에서 마주친 슈퍼 아줌마가 이제 막 봉긋하게 솟아오른 내 가슴을 노골적으로 훑곤 내게서 눈을 떼지 않고 같이 온 세탁소 아줌마에게 귓속말을 하는 일도 있었다. 그런 일들이 왜 수치스럽게 여겨지는지 이해하지 못하면서 분했고, 분함이 가시지 않아 한 번 당하고 나면 여러 밤 땀을 흘리며 악몽을 꿨다.

그때 느꼈던 감정들은 시간이 흐른다고 무뎌지지 않았다. 잠시 수면 아래에 잠겨 있지만 언제든 다시 떠올라 날을 세울 수 있었다. 나는 누군가 아저씨에게 가정이 있는 걸 알면서 집에 올 때마다 반기고, 아저씨의 가정에 쓰여야 할 돈으로 외식을 하고 학원에 가고 옷을 사 입을 수 있냐고, 어떻게 그렇게 당당하게 어쩌면 당연하다는 태도로 다른 가정이 누려야 하는 걸 빼앗을 수 있냐고 나를 비난하는 상황을 자주 상상했다. 누군가 따져 묻는다면 모두가 가지고 있는 아빠이니 그 역할만 조금 나눠 가지는 게 뭐가 나쁘냐고 말하려고 했다. 하지만 아무도 직접 묻지 않았다.

아저씨가 진짜 아빠였다면 안방 문 앞에서 서성이는 일도 없었을 것이고 아저씨와 엄마의 뒤를 따라 집에 올 때 괜히 고개를 숙이는 일도 없었을 것이다. 아빠에 대한 기억들, 천장을 바라보며 점프하는 나를 어깨에 태워 천장에 손을 대보게 해준 일, 생일도 느리고 키가 작은 내가 초등학교에 입학해서 기가 죽을까 봐 동네에 있는 신발 가게를 다 뒤져 굽이 가장 높은 운동화를 사 온 일 같은 걸 누구에게도 말할 수 없게 되지는 않았을 것이다.

중학교에 들어가면서 아저씨의 집 근처로 이사를 갔고, 아저씨는 가까워진 거리만큼 시선을 의식해 더 이상 잠을 자고 가지 않았다. 이때부터 아저씨는 아빠가 없는 자리를 부각시키는 존재가 되었다. 나는 친구들과 함께 있을 때 아저씨를 만날까 봐 교문 앞에서 헤어져 혼자 다녔다. 주말에 무엇을 했는지 얘기할 때는 아저씨를 빼놓고 얘기함으로써 왠지 늘 누군가를 속이고 있다는 기분에 시달렸다.

임신을 지속하는 것을 두고 대호와 다투며 어쩐지 자꾸 아저씨를 떠올렸다. 아저씨의 가족은 정말 몰랐을까? 아저씨가 아내와 아이들을 속일 때 어떤 기분이었을까? 나와 야구장에 있을 때 속으로는 아들들을 떠올리고 있지 않았을까? 자신의 아이이니 제거를 요구하는 게 정당하다고 말하는 대호라면 언젠가는 아저씨처럼 아내와 아이를 없는 사람 취급할 수 있게 되지 않을까? 아저씨를 생각하면 결혼이라는 제도로 묶여 관계를 지속하는 일에 자신이 없다는 대호가 이해되었고 무엇보다 나 역시 두 사람이 생물학적 부모가 되었다는 이유만으로 결혼 생활을 해야만 하는지에 대한 확신이 생기지 않았다.

*

우주와 공명하는 우리는 언제나 충만합니다. 우리는 매 순간 우주의 모든 존재를 느끼고 연대합니다. 우리의 춤은 늘 새롭고 그 자체만으로 아름답습니다. 우리가 몸에 절반쯤 간힌 상태에서 양수를 들이마시는 것은 숨을 쉬기 위한 연습이 아니라 우리는 여전히 에너지임을 항변하기 위함입니다. 양수와 탯줄에서 분리된 몸의 단절로 한때 우리였던 에너지는 우주와 동떨어진 존재, 단독자가 되고 맙니다. 고독과 외로움은 인간만이 느끼는 고통입니다. 몸이 단절되기 전에 몸에서 해방된 상태로 나아가야만 합니다.

*

엄마에게서 서류를 받아 들었다. 봉투 겉면에는 단정한 글씨로 아저씨의 집 주소와 지금 엄마가 살고 있는 집 주소가 적혀 있었다. 변호사의 공증을 받아 작성되었다는 종이에는 엄마와 아저씨의 만남에 대한 개요와 교류가 오간 이유, 남녀 사이의 애정적 관계가 아닌 친우와 비즈니스적 관계라는 것, 위 사실을 모두 인정하며 아저씨의 사후 사실혼이나 기타 어떠한 관계도 주장할 수 없고 따라서 유산에 대한 소유권이 없음을 서약하라고 되어 있었다. 날짜와 이름, 아저씨와 엄마 각각의 주소를 쓰고 도장을 찍게 되어 있는 그 종이에는 놀랍게도 내 이름까지 적혀 있었다.

나는 고작 종이 한 장이 아저씨의 사후에 효력을 발휘할 수 있을지 의심스러웠는데 엄마는 아저씨가 이제 와서 도대체 왜 아내에게 우리 얘기를 했는지에 대해서만 생각했다. 뒤늦게 무언가를 알아낸 아내의 추궁에 마지못해 고백하게 된 것인지, 아니면 어떤 심경의 변화로 그간의 일에 죄스러움을 느끼고 고해성사하듯 밝힌 것인지, 그것도 아니라면 그 시절을 드러냄으로써 자신의 인생에서 엄마와 내가 가졌던 의미를 인정하려 한 것인지 궁금해했다. 그러면서도 본인은 다시 아저씨를 볼 생각은 없으니 나 혼자 아저씨를 만나 서류에 사인을 받아 오라고 했다.

"아저씨한테 사인받은 서류를 보내지 왜 엄마더러 아저씨를 만나서 사인을 받으라는 거야?"

"아무것도 모르다가 이제야 알았으면 그 사람 징그러워서 마주치기도 싫을 거야."

아저씨를 만나야 하는 내 입장은 생각하지 않으면서 아저씨 아내의 마음을 헤아리고 있는 엄마가 얄미웠다. 엄마는 간단히 사인을 받아다 주는 일을 못 하겠다고 하냐고 역정을 내기까지 했다.

아저씨가 머물고 있는 요양원은 지금 엄마가 사는 집에서 그리 멀지 않은 곳에 있었다. 원피스를 차려입고 가방에 서류를 넣자 엄마가 따라나섰다. 약국 가는 거야, 했더니 누가 뭐라니 퉁명스럽게 대꾸하곤 서류를 조심히 다루라고 당부했다. 나는 아저씨를 만나는 일이 싫었지만 그 이유를 엄마한테 말할 수 없었다. 엄마를 비난하거나 원망하면 엄마는 다 너를 키우기 위해서였다는 논리로 무장했다. 그건 어떤 말로도 흠집 낼 수 없는 엄마의 단단한 축이며 뚫리지 않는 방패였다. 아저씨를 만나고 싶지 않다는 거부감에는 아저씨와 그 어떤 관계로도 규정되지 않는 사이라는 뿌리 깊은 두려움이 깔려 있었다. 어떤 측면에선 그런 마음이 아저씨에게 의지하고 희망을 품었던 한 시절을 인정하는 것처럼 여겨져 떠올리기 거북했다. 집 앞 버스정류장에서 엄마는 이왕이면 빨리 아저씨한테 다녀오라고 또 얘기를 꺼냈다. 나는 대꾸하지 않고 버스에 탔다.

불과 열흘 전까지만 해도 없던 가림막이 병원 건물 전체에 둘려 있었다. 가림막 위에 '산부인과, 약국 정상 영업합니다'라는 현수막이 붙어 있었다. 약국 안으로 들어서자 컴퓨터 앞에 앉아 있던 앳된 얼굴의 젊은 약사가 일어났다. 고개를 숙여 인사하고 선배, 나 왔어, 하자 조제실 뒤에서 이쪽으로 들어오라는 신 선배의 목소리가 들려왔다.

"리모델링 시작하나 보네?"

선배가 계산기를 한쪽으로 밀며 고개를 들었다.

"현 원장이 원하는 게 많아. 영재 씨는 접자는데 어떻게 해야 될지 모르겠어."

현 원장은 염색을 하지 않고 새치 그대로 쪽을 지고 다녔다. 신 선배가 커다란 진주 귀걸이와 까르띠에 반지를 현 원장에게 선물했지만, 현 원장은 병원에서는 액세서리를 착용하지 않았다. 수수하고 인자해 보이는 인상으로 자연주의 분만과 모유 수유를 권장하는 운영 방식이 산모들의 신뢰를 얻으면서 원장 둘이 운영하던 병원에서 전문의 넷인 병원으로 규모가 커졌다.

"네가 여기서 분만 안 한다고 현 원장이 서운하대."

"무통 없이 애를 낳으라고? 자연주의는 무슨 자연주의야. 무통만 빼고 촉진제는 다 쓰면서. 마취과 전문의는 여전히 고용할 생각 없지?"

"네 생각이 그래도 잘 둘러대야지, 현 원장이 어떤 사람인지 알면서."

"왜? 기어코 나를 자르라고 하는구나."

선배는 굳은 얼굴로 대답이 없었다.

"그래서? 어떻게 할 건데?"

선배는 말없이 머리를 감싸 쥐었다. 오 년 전, 신 선배가 좋은 기회로 개국을 하게 되었으니 약국 관리를 맡아달라고 했다. 남편과 함께 운영하는 시흥 약국의 규모가 꽤 커지고 있는 상황이었는데 변두리라도 서울에 약국을 하나 해두고 싶다는 거였다.

무형문화제 장인이 만들었다는 개량 한복과 예매가 어렵다고 소문난 클래식 연주회 티켓을 현 원장에게 선물했다. 의사로서 신뢰한다는 걸 보여주기 위해 자궁내막증과 자궁에 생긴 용종의 치료도 현 원장에게 받았다. 병원이 커지면서 소아과도 덩달아 잘됐고, 화장실 갈 시간을 낼 수 없을 정도로 약국이 바빠졌다. 매일 같은 시간에 먹어야 하는 경구 피임약을 며칠 깜빡 잊으면 생리혈이 감당하기 어려울 정도로 쏟아졌다. 두 시간에 한 번 생리대를 갈지 못하면 바지가 온통 피로 젖었다. 환자가 몰리는 시간에는 앉을 틈조차 없기 때문에 탐폰에 패드까지 하고 근근이 그 시간을 버텼다. 생리전증후군 증상은 용종을 떼어 내고 난 뒤에 점점 더 심해졌다. 배가 아픈 건 물론이고 안구 뒤쪽을 비트는 듯한 두통은 약한 용량의 진통제로는 가라앉지 않았다. 현 원장에게 생리를 오 년간 중단할 수 있는 자궁 삽입형 피임제, 루프 시술 상담을 받았다.

끈기 있게 자궁에 대한 하소연을 들어준 현 원장이 인자하지만 단호한 목소리로 루프 시술은 하지 않는 게 좋겠다고 했다. 열두 살 때부터 매달 열흘, 일 년에 120일을 자궁이 불러오는 몸의 고통 속에 산다는 걸 듣고 나서 그저 수긍한다는 뜻으로 고개만 끄덕일 뿐 '미혼 여성의 임신을 위한 몸'이라는 입장을 바꾸지 않았다. 자궁 질환이 계속

발생하는 상황에서 이미 한 번의 수술로 자궁 내막에 상처가 생겼고, 루프 시술로 혹시 모를 상처가 또다시 생기면 착상이 어려워질 가능성이 있다는 거였다. 지금은 아니어도 나중에 아이를 가지고 싶을지도 모르잖아요, 안 그래요? 하는데 말문이 막혔다. 안전한 시술로 알고 있는데요, 했더니 현 원장이 턱을 괴고 특유의 가르치는 듯한 말투로 목소리를 낮췄다.

"지수 씨, 안전한데 의사들이 왜 시술하기 전에 먼저 출산했는지 확인할까? 난임의 이유가 수도 없이 많으니까 그래. 만에 하나, 아이를 갖고 싶은데 시험관 시술로도 착상이 잘 안되면 어떨까? 이 시술을 받았던 걸 후회할걸? 지수 씨가 삼 년 뒤에, 그때면 마흔인가? 아무튼 그때 애가 갖고 싶어질 수 있어. 그런 표정 짓지 마. 사람 마음 바뀌는 건 한순간이거든. 그때 후회한다 해도 돌이킬 수 없잖아. 시술이 원인이 아니더라도 원인이라고 생각하고 나를 두고두고 원망하게 되는 일? 그런 일을 난 해줄 수 없어. 어떤 의사라도 마찬가지야."

현 원장은 의사라기보다는 경영자의 마인드를 가지고 있었다. 병원의 규모가 커져 마취과 전문의의 고용이 필요했지만 끝까지 상주 의사를 두지 않았다. 응급으로 제왕절개를 해야 할 상황이면 전신마취를 고집했고, 출산 과정에서 무통 시술을 받을 수 없는 것을 자연주의 출산이라 말하며 출산 교실에서 산모들을 교육했다. 출산의 고통을 온전히 감내해야만 아이와 교감을 이루는 성스러운 출산 의식의 주체가 될 수 있다는 거였다.

"지수 씨한텐 피부 이식형 피임제 시술을 권해요. 팔뚝에 하는 거, 알죠?"

피부 이식형은 호르몬이 온몸에 작용하기 때문에 부작용이 훨씬 컸다. 부정 출혈이 계속 되거나 어지럼증과 울렁거림 같은 증상을 경험할 확률이 높았다. 며칠을 고민한 끝에 누가 뭐라든 내 몸의 일을 결정할 권리는 내게 있다는 생각이 들었다. 처음 계획했던 대로 루프 시술을 받는 게 아무리 따져보아도 몸에 더 이로웠다. 현 원장과의 관계가 어긋날까 봐 무서워 뻔히 보이는 부작용을 무릅쓰고 내 몸에 실험을 할 수는 없었다.

다른 지역의 작은 산부인과를 찾아 시술을 받고 나니 어쩐지 현 원장에게 반기를 들었다는 느낌에 통쾌하기까지 했다. 시술 후 며칠간은 부정 출혈이 계속되었지만 그 후 생리 양이 확실히 줄어들어 마치 다른 몸이 된 것처럼 편안해졌다. 그다음 달엔 생리가 끊겼고 그다음 달에도 그랬다. 속이 울렁거릴 때가 종종 있었지만 곧 괜찮아졌기에 부작용이 나타났다가 사라진 것으로 여겼다. 시술을 하는 즉시 피임이 되는 장치이기 때문에 임신을 했을 거라고는 조금도 의심하지 않았다.

현 원장과 월에 한 번 점심을 먹는 자리에서 현 원장이 지수 씨 요즘 배가 좀 나온 것 같아, 임신은 아니지? 하고 물었다. 무슨 임신이에요, 대꾸하자 이래서 우리 여자들은 불편해, 살이 조금만 붙으면 임신한 거 아니냐고 묻는다니까. 아직 젊다는 증거예요. 나이 더 들면 어디 아픈 거 아니냐고 한다? 하면서 마치 재미있는 농담이라는 듯 웃었다. 몸에 대해 언급당하는 게 여자로서 당연히 겪어야 하는 일이라는 듯 구는 현 원장의 태도가 그날따라 유독 불쾌하게 여겨져 식사 내내 현 원장이 하는 말에 굳은 얼굴로 마지 못해 대답만 했다.

계산을 하고 있을 때 등 뒤에서 약국이나 병원이나 주인이 자리를 지키지 않으면 엉망이 된다니까, 책임감이 없어, 하는 현 원장의 목소리가 들렸다. 남의 손이라 운영이 허술하다는 말이 나올까 봐 사소한 전표 하나조차 빈틈없이 챙겼고 패악질을 부리는 손님에게도 웃으며 언제든 다시 찾아오시라고 인사했다. 병원장인 자신의 비위를 맞추지 못했다고 약국 운영의 책임감을 운운하다니, 화가 치솟았지만 신 선배를 생각하며 겨우 참았다.

계산을 마치고 돌아서자 현 원장은 사뭇 엄숙한 표정으로 나를 똑바로 바라보고 있었다. 차라리 내가 운영하는 약국이었다면 비굴해지지 않았을 텐데 신 선배의 약국이라 마음대로 할 수 없었다. 입가에 경련이 이는 것을 느끼며 불편하셨으면 죄송합니다, 오늘 제가 컨디션이 안 좋습니다, 하고 마지못해 사과했다. 현 원장은 만족스럽지 않다는 얼굴로 그 자리에 서서 한동안 나를 지켜봤다. 계산대 앞을 지나가는 사람들의 시선을 느끼며 얼굴이 붉게 달아올랐다. 현 원장이 의도한 대로 수치스러웠지만 그렇게 보이지 않기 위해 독하게 웃었다. 그날부터 얹힌 듯 속이 불편한 기운이 가시지 않았다. 제약사와 성분이 다른 소화제를 여러 날 챙겨 먹어도 명치가 꽉 막혀 내려가지 않았다.

약국 일이 바빠 끼니를 거르기 일쑤였는데 어쩐지 자꾸 몸무게가 늘었다. 몸무게가 느는 것은 루프 시술의 부작용 중 하나이기도 했는데 아랫배가 팽팽하게 부풀어 오른 게 아무래도 신경이 쓰였다. 설마 하고 인터넷을 찾아보았더니 루프 시술을 받았는데 저도 모르는 사이에 루프가 빠지는 바람에 계획에 없었던 셋째를 가지게 되었다는 글이 있었다. 댓글에는 그럴 수도 있나요? 낳으실 건가요? 묻는 말들, 지우라고 노골적으로 말하진 못하지만 어떻게 셋을 키워요! 잘 생각하세요, 같은 조언들이 있었다. 그 글을 보자마자 다른 브랜드의 테스트기 세 개를 들고 화장실로 갔다. 붉은색으로 물든 두 개의 선이 테스터기 모두에서 똑같이 나타났다.

야간 진료를 보는 산부인과로 갔다. 임신 13주 차였다. 태아의 온몸에 솜털이 나기 시작한 상태였다. 얼떨떨한 표정을 짓고 있는 내게 의사가 태아는 지금 엄마 손바닥보다 조금 작아요, 하고 알려주었다.

"루프 시술을 받았어요. 장치가 빠진 거예요?"

의사가 고개를 갸웃거리며 다시 초음파를 꼼꼼하게 봤다.

"잠시만요, 현재 초음파상으로는 안 보이네요."

"시술한 지 삼 개월밖에 안 됐어요. 시술할 때 피임이 확실히 되는지 여러 차례 확인했고 피임 실패율이 일 퍼센트 이하인 장치라고……."

"평소 생리통이 심하고 양이 많은 편인가요?"

"네, 일상생활이 힘든 정도예요."

"자궁이 수축하는 힘이 세면 빠지는 경우가 있는 걸로 알고 있어요. 정관 수술을 했어도 임신이 되는 경우가 있잖아요. 백 퍼센트 피임이 되는 장치는 아직 없습니다."

의사가 초음파 기계를 정리한 뒤 진찰 의자에서 일어났다. 다급하게 아, 선생님! 하고 부르자 의사는 돌아보지도 않고 진료실 쪽으로 나가며 "저희 병원에서는 중절 수술을

하지 않습니다"라고 했다. 순간 뺨이라도 맞은 듯 얼떨떨
해졌다. 내가 물어보려고 했던 건 그동안 엽산을 먹지 않았
는데 괜찮을까, 하는 것이었다.

물론 임신 중지는 여성의 당연한 권리였다. 사후피임약
을 찾는 고객들에겐 의사의 처방을 받아야만 살 수 있는
이유를 조심스럽게 설명하고 진료를 받고 오라고 정중하
게 권했다. 열에 아홉은 진료를 보고 오지만 다시 오지 않
는 사람들이 있었다. 육아에 지친 파리하고 피로한 얼굴이
거나 갓 스무 살을 넘긴 듯한 앳된 얼굴이었다면 하루 종
일 그 사람이 신경 쓰였다. 의사의 진료를 보라는 말이 폭
력적으로 느껴져 다시 오지 않는 것인지, 무심코 내뱉은 단
어나 말의 뉘앙스가 임신 중지에 대한 죄책감을 불러일으
킨 건 아닌지 걱정돼 어떤 날은 밤잠을 설치기도 했다. 사
후피임약을 응급의약품으로 하자는 목소리에는 현재 유통
되는 약제의 특성이 남용될 경우 여성의 몸에 부작용을 일
으킬 우려가 있어 온전히 동의할 수 없었지만, 자연 유산을
유도하는 약인 미프진은 합법화해야 한다고 생각했다. 미
프진이 도입되면 임신 12주 이내에 외과적 수술 없이 임신
을 중지할 수 있었다. 이미 전 세계 여러 나라에서 널리 사
용되고 있는 약을 도대체 왜 인정해 주지 않는지, 불법 유
통이 오히려 더 위험하다는 목소리에 왜 귀를 기울이지 않

느지 답답했다. 여성의 권리가 조금 더 두터워져 원하지 않는 임신을 지속하지 않을 수 있게 되길 진심으로 바랐다.

임신 13주란 여전히 임신 초기에 해당하는 기간이었다. 낙태죄가 폐지된 뒤 임신 14주까지 낙태를 허용하는 안이 제시되었지만 아직 입법이 되지 않고 있었다. 당장 수술할 곳을 어떻게 찾아야 하는지 막막했다. 하루라도 빨리 아이를 원하는지 그렇지 않은지 결정해야 했는데, 지금까지 줄곧 아이를 원하지 않는다고 믿어왔던 내 마음은 아이를 가질 가능성이 없을 때의 가정일 뿐이었음을 깨달았다. 임신을 하고 나니 아이를 원하는지, 원하지 않는지 쉽게 판단을 내리기 어려웠다. 엄마 손을 잡고 약국에 들르는 아이들은 울고 떼를 써도 귀여웠다. 아이가 엄마를 많이 닮았어요, 하면 지친 얼굴에 뿌듯함이 떠올랐고 그걸 마주할 때면 자기를 닮은 아이가 세상에 존재한다는 건 어떤 기분일까 궁금해지기도 했다.

대호에게 임신 소식을 알렸을 때는 수술 쪽으로 마음이 기운 상태였다. 일을 그만둘 수도 없는 노릇인데 내 욕심으로 낳았다가 아이가 외롭게 클 것을 생각하면 이미 그런 아이가 내 품에 떨어진 양 욱신거렸다. 대호는 수술비가 필요하냐고 물었다. 절반을 부담하면 좋지만 문제는 그게 아니라고 하자 아는 병원이 있다고, 바로 예약할 수 있다고 했다. 수술을 하고 나면 스테이크를 먹으러 가자며 병원 근처 고급 레스토랑을 찾아 보여줬다. 미역국도 아니고 스테이크라니, 피가 흥건한 스테이크를 썰어 입에 넣는 모습을 떠올리자 구역질이 났다. 피를 흘렸으니 남의 피를 먹어야 된다고 생각하는 단순함이 역겨웠고, 코스처럼 짜인 이 경험이 대호에겐 몇 번째일까 궁금해졌다.

"낳는다면 어떻게 할 거야?"

"애를 키울 능력도, 여유도 없는 거 네가 더 잘 알잖아? 시술을 받았으니 어디서 만들어졌는지도 모르는 콘돔은 더 이상 쓰고 싶지 않다고 한 건 너였어."

"네가 반대해도 낳는다면?"

"네 몸에 생겼으니 네 마음대로 한다는 거야? 우리 지금까지 잘 지내왔잖아. 난 너랑 헤어지고 싶지 않아. 관계가 지속되는 데에는 합의에 따른 의사 결정이 제일 중요한 거 아니야?"

대호는 고통스럽다는 듯 말을 고르며 천천히 말했지만 그 말이 우리의 관계가 얼마나 아슬아슬했는지 일깨워줬다. 합의에 따라 지속되는 관계란 언제든 헤어져도 그만인 관계이기도 했다. 그것은 내가 그토록 싫어했던 엄마와 아저씨의 관계보다 더하면 더했지, 덜하지 않은 나쁜 관계였다. 질병이나 사고 같은 건 합의되지 않은 상태로 찾아올 텐데 그런 일이 생겼을 때를 견뎌주지 않는 관계를 연인이라고 할 수 있을지 의심스러웠다. 내가 지금껏 좋다고 여기며 맺었던 관계란 작은 입김 하나에도 무너질 수 있는 것이었으며 그건 앞으로 어떤 사람을 만나든 되풀이될 게 분명했다. 끓어오르던 시간이 지나고 나면 서로가 얼마나 다른 종류의 인간인지 깨닫는 지난한 과정만 남았다. 대호는 우리를 부모 될 그릇이 아닌 사람들이라고 단정 지어 말했고 나는 정말로 그럴까, 자꾸 의구심이 들었다.

대호와 다투는 과정에서도 임신이 지속되었다. 태아의 움직임이 정교해졌고 태동이 느껴졌다. 비혼모로 아이를 키우면 아이는 어린이집 1순위 입소 대상자가 될 수 있었다. 16주가 되어서는 맘카페에 가입해 주변 어린이집의 평판을 알아보았다. 믿음직한 구립어린이집이 바로 근처에 있었고, 100일이 지난 후부터 아이를 맡길 수 있었다. 17주부터는 진작 수술을 하지 않은 걸 후회했다. 대호는 세 번에 한 번꼴로 전화를 받았다. 18주엔 다시 정부 지원 산후도우미와 정부 지원 돌봄 선생님을 알아보았다. 19주에는 임신 중기에 수술할 수 있는 병원을 알아보았는데 찾기가 쉽지 않았다. 20주가 되자 정밀 초음파를 봐야 했다. 지하철에서 내려 병원까지 걸어가는 길, 초여름의 뜨거운 열기에 겨드랑이가 축축해졌다. 매미가 시끄럽게 울었다. 곳곳에 널려 있는 매미 허물을 밟았다. 고모를 마지막으로 본 날 이렇게 더웠다. 태아를 한 번만 더 보고 결정하자고 생각한 날 고모가 떠오르다니 정말 이상한 일이었다.

그날, 고모를 따라 빙수를 파는 빵집으로 가면서 보도블록 위에 뒤집혀 있는 매미를 보았다. 납작하게 말라 죽은 줄 알았던 매미는 알아채지 못할 정도로 미세하게, 남은 힘을 다해 다리를 버둥거렸다. 앞서가던 고모가 뒤돌아보았을 때 나는 매미를 뒤집어 주려고 발끝을 갖다 대고 있었다. 고모는 징그러운 것을 본 듯한 표정으로 뭐 하는 거냐고 소리를 치며 질색했고, 나는 입을 앙다물고 매미를 밟았다. 매미가 발밑에서 툭 터졌다. 살아 있는 것의 질감이 고스란히 전해졌다. 매미는 죽어가는 와중에도 생명체 고유의 물기를 머금고 있었다. 허물이나 말라비틀어진 나뭇가지를 밟는 것과는 다른 생기였다. 나는 내가 없었다면 아빠가 병에 걸리지 않았을 거라고 자주 생각했고 고모를 만나자 그 마음을 들킬까 봐 자꾸 고개를 숙였다. 고모는 엄마와 내가 아니었다면 아빠가 더 살 수 있었을 거라 믿는 사람이었다.

고모는 내게 묻지도 않고 팥빙수를 시켰다. 그러곤 아빠

제사를 지내고 있냐고 물었다. 나는 챙겨드리고 있다고 건성으로 대답했다. 거짓말이었다. 고모는 아빠의 장례식 때부터, 아니 그전부터 내내 화가 나 있었다. 아빠가 1인실이 아닌 다인실을 쓴다고 화를 냈고, 더 큰 병원으로 옮기지 않는다고 화를 냈다. 녹아서 흐물흐물해진 팥을 떠먹다 고개를 들었을 때 고모의 시선이 가슴에 머물러 있었다. 무언가 단단히 잘못된 걸 본 듯한 표정이었다.

"벌써 가슴이 나왔니? 브래지어는?"

고모가 크게 한숨을 내쉬었다.

"속옷을 챙겨 입어야지! 네 엄마가 안 챙겨줘?"

"불편해서요."

가슬가슬한 팥 껍질이 목에 걸렸다. 억지로 씹고 있던 팥을 겨우 삼키고 숟가락을 내려놓았다.

"안되겠다. 지금 당장이라도 할머니 집에 가자."

"싫어요."

할머니가 집어 던졌던 생선 비린내가 훅 끼쳐 올라왔다. 할머니가 나를 그 생선처럼 대할 것을 본능적으로 알았다. 예쁜 구석을 찾을 수 없어 소중히 돌봐주긴 싫지만 내치긴 아까운 존재. 할머니를 다시 만나고 싶지 않았다. 고개를 들고 온 힘을 다해 할머니한텐 절대 안 가요, 하고 말했다. 당장이라도 내 팔목을 잡고 일어설 것 같았던 고모의 기세가 순간 누그러졌다. 팔짱을 끼고 앉은 고모는 잠깐 말이 없었다. 고모와 엄마는 아빠의 공장을 두고 몇 번이나 다투었다. 내가 보기에 엄마는 아빠를 이어 그럭저럭 공장을 운영해 나가고 있었다. 고모는 아빠가 장남이어서 받아 갔던 할아버지 유산에 본인의 몫이 있다며 몇 번이나 공장을 찾아왔다. 고모가 결심했다는 듯 내 눈을 똑바로 바라보았다.

"그 사람이 너한테 나쁜 짓을 할 수 있어."

한번 말문이 터지자 누구도 내게 하지 않았던 말들을 거침없이 쏟아냈다.

"밤에 자는데 네 방에 들어갈 수 있고, 널 만지고 싶어 할 수 있어. 그게 네 아빠와 다른 점이야. 그 사람이 네 엄마한테 차를 받았어. 또 뭘 받았는지 아니? 그게 다 누구 돈이었겠어? 자기 가정을 두고 다른 여자 집에 들락거리는 사람이라면 무슨 짓을 할지 누가 알겠어? 안 그래? 어른들이 걱정하는 게 그런 거야. 너는 똑똑하니까 무슨 말인지 알 거다."

사람들이 나를 보며 어떤 생각을 할지 짐작하는 것과 그 생각을 직접 말로 듣는 건 다른 차원의 일이었다. 그동안 나를 흘긋거렸던 동네 사람들의 시선이 고모의 입에서 튀어나왔다. 거대하게 부풀고 비틀린 고모의 입이 나를 금방이라도 집어삼킬 것만 같았다.

아저씨는 나를 해칠 사람이었을까? 아저씨에겐 온기와

다정함이 있었고 또 우리와 함께 있을 때 나누는 안도감이 있었다. 아슬아슬한 줄 위에 서서 이번 주도 무사히 잘 버텨냈구나, 하는 종류의 안도감은 아저씨 또한 엄마와 내가 겪었던 것과 같은 종류의 시간을 겪어내고 있기에 함께 나눌 수 있는 것이었다. 엄마가 아버님 차도는 좀 있으셔? 물었을 때 아저씨가 어린아이처럼 엄마 품에 안겨 운 적도 있었다. 아빠가 서서히 죽어가는 걸 겪고 그 존재의 부재를 가장 무겁게 지고 있는 것은 우리였는데, 아빠를 안다는 주변인들은 진실과 관계없는 평가의 잣대를 함부로 들이댔다. 걱정이라는 말로 포장한 비난을 묵묵히 들어야 아빠의 죽음을 충분히 슬퍼하는 사람이 될 수 있었다.

갑작스레 바뀌는 몸의 변화가 고모가 내뱉은 것과 같은 생각을 불러 모으고 있는 걸 깨닫자 속이 울렁거렸다. 불경하고 더러운 것이 내 몸이고, 죄스러움을 가져야만 하는 것이 내 몸인 것만 같았다. 가게 밖으로 뛰쳐나가 올라오는 것을 모두 쏟아냈다. 하나도 뭉개지지 않은 팥알과 아침에 먹은 노란색 카레가 거품이 인 침과 뒤섞였다. 뒤따라와 등을 두드려주던 고모가 토사물을 보고는 고개를 돌렸다.

"괜찮니?"

고모가 내 등을 쓰다듬었다. 나는 빵집의 유리에 기대 주저앉았다. 고모가 어디 아프니? 병원 갈까? 하고 물었다. 왜 그런 말을 했는지 모르겠지만 고모에게 아빠가 팥죽을 먹고 싶다고 했다가 다 토했다고, 설탕을 넣을까 소금을 넣을까 고민해서 골라놓고 며칠을 앓았다고, 고모는 어떻게 팥빙수를 시킬 수 있냐고 소리쳤다. 고모가 어쩔 줄 몰라 하며 나를 달래려고 애를 써서, 나는 더 큰 소리로 흐느꼈다. 고모가 빵집에서 휴지와 비닐봉지를 들고 나와 내가 토해놓은 것을 치우고는 빵을 한 봉지 사서 나왔다.

혼자 간다고 말했지만 고모는 빵이 가득 든 봉지를 들고 따라왔다. 차가운 기운이 가시지 않은 손으로 내 이마를 짚어보기도 했다.

"생선 넣고 무 넣고 하얗게 끓여내는 거 할머니 집에서 먹어봤니? 우리 어렸을 때 네 할머니가 그걸 끓이면 생선 살을 먼저 먹겠다고 달려들었거든. 그게 상에 올라오자 마자 태수가 제일 큰 몸통을 젓가락으로 잡는 거야. 내가 포크로 네 아빠 손가락을 찍었어. 얼마나 세게 찍었는지 넷째 손가락 손톱 밑에 살점이 다 떨어져서 병원 가서 꿰매고 흉도 크게 졌지. 젓가락을 동생들이 다 가져가서 포크를 쥐고 있었거든. 네 아빠 손에서 피가 철철 나는데 나는 혼날까 봐 포크를 먼저 숨겼어. 네 아빠가 손에 붕대를 감고 돌아와서 뭐라고 했는지 알아? 야, 엄마 오기 전에 누나 주려고 한 거였어. 그러는 거 있지. 그때 그렇게 흉이 지지 않았으면 이렇게 일찍 가지 않았을지도 몰라. 걔가 갔다는 게 아직도 난 믿기지가 않아."

아빠의 죽음을 떠올리면 죄책감이 따라붙었다. 자동차 부품을 납품하려고 지방으로 간 아빠에게 아빠 없으면 못 잔다고 떼를 써서 밤새 집에 오게 한 것 같은 일상적인 행동이 모두 죄책감의 원인이 되었다. 한번 생각하기 시작하면 나의 모든 행동과 생각이 아빠의 갑작스러운 죽음을 불러온 것만 같았다. 고모도 비슷한 감정을 느낀다는 게 놀라웠다. 그동안 곱씹었던 나의 모든 잘못이 작아지는 느낌이었다. 실은 그 모든 것이 아빠의 죽음에 아무 영향을 끼치지 않았을지도 모른다는 생각을 그때 처음 했다.

그러자 내 얼굴을 쓰다듬거나 손을 잡을 때 가실가실하게 느껴지던 흉터 자국이 떠올랐다. 손이 되살아나자 나를 부르던 목소리가, 발 위에 나를 올려 꼭 껴안아 주던 아빠의 냄새와 웃음소리가 살아났다. 아빠의 몸은 사라지고 없는데 아빠를 생생하게 불러오는 건 몸이 기억하는 감각들이라는 게 기가 막혔다. 집에 가면 지수야, 부르는 아빠가 있을 것만 같은데 그런 일은 앞으로 영원히 없을 거라는 게 꿈만 같았다.

고모는 눈물을 닦을 게 없어 반팔 소매를 끌어와 눈물

을 찍어 냈다. 길거리 한복판에서 같이 울어주었다는 이유만으로 더 이상 고모를 예전처럼 미워할 수 없게 됐다. 고모는 내가 고모나 엄마처럼 애를 낳고 어른이 되면 이해할 수 있는 게 더 많아질 거라고 했다. 너를 두고 간 아빠 마음이 어땠겠니 할 때는 원망과 죄스러움이 뒤섞인 마음을 접어두고 처음으로 그 마음을 떠올려보았다. 하지만 부모의 마음이란 너무나 까마득해서 짐작조차 되지 않았다.

임신을 중지하길 망설였던 가장 큰 이유 중 하나가 애를 낳으면 이해하게 된다는 그 마음의 가능성에 있었다. 결핍이 많고 강박적으로 무언가를 숨기는 사람의 삶이란 언제나 흔들리는 대지 위에 발을 대고 있는 것과 같았다. 선뜻 어디로도 갈 수 없어 같은 자리를 맴돌며 외로워했고 그런 종류의 외로움은 누구를 만나도 채워지지 않았다. 나는 아빠를 많이 닮았으니 아이도 그럴 것이고, 아이를 낳으면 아빠가 언젠가 꿈꾸었던 손주를 등에 업고 다니는 미래를 되살게 해주는 것이지 않을까 싶었다.

비혼이라고 삶에서 가장 좋다고 칭하는 시간을 스스로 제거해야 할 이유는 없었다. 초음파를 보는 내내 마음이 단단하게 부풀어 올랐다. 다음 진료를 예약하고 병원에서 나오며 루프야, 하고 불러보았다. 부를 일이 없을 거라 생각했던 태명이었다. 루프, 루프, 하고 부르자 어쩐지 아이도 나도 영원히 살 수 있을 것만 같았다.

*

우주와 진동하는 공명 사이 아주 멀고도 가까운 곳에서 전혀 다른 종류의 소리가 들립니다. 이해할 수 없는 불가해한 소리에 귀를 기울입니다. 우주의 입자들이 소리의 의미를 알게 되면 우주와는 단절된, 몸에 갇힌 인간이 될 것이라고 경고합니다. 불가해한 것들로 가득한 빛과 소리에 잠시 미혹되었다가 다시 우주의 소리를 듣습니다. 탯줄을 목에 감고 자세를 바꿉니다.

*

배가 불러오자 현 원장이 국수는 언제 먹게 되느냐고 물었다. 결혼을 하지 않고 아이를 기를 거라고 하자 현 원장은 학교에서 문제를 일으키는 아이는 백이면 백 가정에 문제가 있다더라 같은 이야기를 하는가 하면, 약국을 찾는 산모들에게 임신한 티를 내지 않았으면 좋겠다고 요구하기까지 했다. 배가 숨길 수 없을 만큼 불러오자 조제실에서 되도록 나오지 말라고 말했다. 얼굴이 익은 산모들과 사적인 얘기를 나눌까 봐 신경을 쓰는 눈치였다.

현 원장이 꿈꾸는 병원 이미지는 아빠와 아이가 첫 대면 순간에 특별한 애착을 형성해 이상적인 가정의 출발지가 되는 곳이었다. 가족 분만실을 운영해 아이 아빠가 탯줄을 자르게 했다. 수중 분만을 함께할 수도 있었다. 아이가 태어나자마자 아빠의 몸 위에서 캥거루 케어를 하는 것도 산모들에게 크게 어필하는 점이었다. 현 원장은 산모들이 첫 진료를 본 뒤 약국에서 영양제를 사며 병원의 평판을 묻는 것을 잘 알고 있었다. 현 원장이 나를 눈엣가시처럼 여길수록 카운터 앞을 지켰다. 신 선배가 봉투를 내밀었다.

"나도 이제 더는 어쩔 수가 없네. 그래도 현 원장이 약사 바꾸라는 거 너 만삭 될 때까지 버틴 거야. 출산 휴가 급여에 한 달 월급 더 넣어줄게."

봉투를 열어보자 백화점 상품권이 들어 있었다.

"요즘은 신생아 때 뭘 쓰는지 통 모르겠더라. 축하해."

"선배, 나는 여길 아꼈어."

"로컬 약국에서 출산 휴가 급여 주는 데 없는 거 알지? 애 낳고선 잠깐 파트로 일하다가 얼른 키워놓고 개국해."

"그래, 해야지."

대답은 했지만 자신이 없었다. 신 선배처럼 매끄럽고 노련한 사람은 태어날 때부터 따로 있는 것만 같았다.

"꼭 해. 당장 빡빡해서 못 하겠다 싶어도 해야 돼. 알겠지?"

마지못해 고개를 끄덕였다. 신 선배는 그제야 내내 찌푸리고 있었던 표정을 풀었다. 태명이 뭐야, 하기에 루프라고 알려줬더니 웃음을 터뜨렸다. 루프가 커서 자기 태명이 왜 루프냐고 물으면 뭐라고 설명할래? 하면서 핀잔을 주는 것도 잊지 않았다.

조제실 밖으로 나와 약국을 둘러보았다. 아이들이 좋아하는 장난감 달린 비타민 사탕과 캘리그래피를 배워 홍보 문구를 써놓았던 각종 영양제가 그 자리에 그대로 있었다. 대기 의자며 정수기며 약국에 놓인 집기 하나하나에 손길이 닿지 않은 곳이 없었다. 신 선배가 따라 나와 오메가-3와 철분제를 쥐여주었다. 전부 있다고 거절하자 이번에 들어와서 제일 좋다고, 좋은 걸 먹으라고 억지로 손에 들려주었다. 신 선배가 낳고 나서 보자, 하고 손을 흔들었다. 떠밀려 나가듯 손을 마주 흔들며 아쉬움을 버리지 못하고 여러 번 돌아보았다. 약국장이 병원장에게 맞설 수 없다는 걸 잘 알았지만 한순간 소속도, 돌아갈 곳도 없는 처지가 되었다는 게 실감이 나지 않았다. 약국은 그 자리에 있었지만 내가 속한 세상은 더 이상 예전과 같지 않았다.

로또 파는 편의점을 쳐다보고 서 있다가 아침에 엄마가

건네준 서류 봉투를 꺼냈다. 약국을 열 수 있는 돈이 어딘가에서 기적처럼 나타나면 좋을 것 같았다. 서류의 문구를 찬찬히 다시 읽어보니 어쩌면 아저씨는 아내가 아닌 엄마와 내게 유산을 나눠주려는 마음인 것 같았다. 그런 갈등이 아니라면 아저씨 아내가 엄마에게 아저씨의 사인을 받아오라고 할 이유가 없었다. 유산을 준다면 받으면 되는 게 아닌가 싶었다.

개찰구 앞에 서서 한참을 망설였다. 엄마한테 그간 무슨 일이 있었는지 물어본다고 쉽게 얘기해 줄 것 같지 않았다. 아저씨가 준다는 유산을 정말 받지 않겠다는 건가, 하는 데 생각이 미치자 머릿속이 복잡해졌다. 아저씨가 도대체 어떤 상황인지 궁금해졌고 결국 요양원 방향의 지하철을 탔다.

요양원은 지하철역에서 가까운 번화가에 있었다. 7층짜리 건물의 1층 약국, 2, 3층의 산후조리원, 4층의 베이비 스튜디오와 소아과를 눈으로 훑고 난 뒤 5, 6, 7층 창문에 붙여놓은 요양원의 이름을 바라보았다. 아저씨를 다시 만난다는 게 실감이 나지 않았다. 사랑받으려 아무리 애를 써도 웃음과 웃음 사이 열은 한숨과 함께 드러났던 피로한 얼굴을 보고 나면 두 사람에게 화가 났다. 배가 조여드는 느낌이 들어 마음을 편안히 하려고 애썼다. 유산을 준다면 받자, 받는다고 말하자 마음을 다잡았다.

요양원 문 앞에 서서 망설이고 있자 안내데스크에 앉아 있던 직원이 나와 무슨 일로 오셨냐고 물었다. 머뭇거리다 고희남 씨를 만나 뵈러 왔다고 말했다.

"아, 희남 씨요? 며느님은 아니고, 누구?"

직원이 반가운 사람을 만났다는 양 친근하게 굴어 반사적으로 뒤로 물러났다.

"유산 문제로 서류 가지고 왔어요."

머리를 굴려 준비한 대답을 딱딱하게 읊었다.

"변호사 사무실에서요? 이렇게 만삭까지 일하세요?"

굳은 표정을 풀지 않고 그렇다고 대꾸하자 그제야 사무적인 태도로 전염병의 우려로 가족 외의 면회가 제한되어 있으니 알아보고 오겠다고 했다. 통화를 마친 직원이 서류를 내밀었다. 관계를 적고 체온을 잰 뒤 방문증을 받을 수 있었다. 접견실에 들어가기 전 소독이 된 위생 가운과 슬리퍼를 신고 소독약을 분무기로 맞았다. 손 소독까지 마치고 난 후 접견실로 들어갔다. 접견실은 편안한 의자와 부드러운 곡선의 모서리를 가진 테이블로 채워져 카페처럼 아늑한 분위기였다.

서류 봉투를 테이블 위에 꺼내놓고 1인 소파에 등을 기대고 앉았다. 긴장감에 배가 단단하게 뭉쳤다. 뭉친 배의 한쪽을 손으로 밀며 편안히 있어보라고 루프를 다독였다.

문이 열리고 아저씨가 들어왔다. 십육 년 만에 보는 것이었다. 아저씨가 어떤 모습이든 놀란 얼굴을 하지 말아야지 마음먹었지만 표정을 감출 수 없었다. 아저씨는 직원의 부축을 받아 뻣뻣해진 다리로 한 걸음, 한 걸음 천천히 걸어왔다. 자리에서 일어나 아저씨의 모습을 멍하니 보고 서 있었다. 놀라기는 아저씨도 마찬가지인 것 같았다. 아저씨의 눈시울이 붉어지는 게 보였다. 아저씨가 소파에 앉자 직원이 아저씨에게 진동벨을 쥐여주었다.

"필요하시면 버튼 누르는 거, 아시죠?"

아저씨가 고개를 끄덕였다. 진동벨을 쥔 손이 심하게 떨렸다. 엄마와 나이 차이가 있긴 했지만 뭇사람들은 아직 정정할 70대 후반이었다. 거친 파도에 휩쓸려 나가버린 듯한 쇠약함과 병색이 안타까워 쉽게 말이 떨어지지 않았다. 아저씨가 먼저 입을 열었다.

"남자애냐, 여자애냐?"

"딸이래요."

아저씨가 미소 지었다. 한동안 말이 없었다. 접견실에 낮게 깔린 음악이 귀에 들어왔다. 베토벤 피아노 소나타 12번 「장송행진곡」이었다. 르코르뷔지에의 장례식에 사용된 것으로 유명한 곡이었다. 이 곡을 고른 관리자의 의도는 배려일까, 냉소일까? 아마추어 교향악단에서 피아노를 연주했던 아저씨가 이 곡의 의미를 모를 리 없었다. 어쩔 줄 모르고 눈치를 살피고 있자 아저씨가 먼저 입을 열었다.

"파킨슨이 시작된 걸 알고 먼저 피아노를 없앴다. 내가 피아노를 친 건 잘 치기 위해서가 아니라 제대로 느끼고 싶어서였으니까 괜찮다. 피아노 치냐?"

대학 시절 오케스트라에 가입해 볼까 기웃거린 적도 있었지만 나는 그리 음악을 즐기는 편이 아니었다. 고개를 젓자 아저씨가 힘없이 웃었다.

"남편은? 뭐 하는 사람이냐?"

마른침을 꿀꺽 삼켰다.

"없어요."

아저씨는 더 묻지 않고 생각에 잠긴 표정으로 한동안 말이 없었다. 히터가 지나치게 세게 틀어져 있었다. 아랫배가 살살 아파왔다. 지금까지 있었던 자궁 수축과는 다른 느낌이었다. 가방에서 서류를 꺼내 아저씨 앞에 내밀었다.

"엄마가 서류에 사인 받아 오라고 했어요."

"이런 건 중요한 게 아니다."

아저씨가 언짢은 기색으로 서류를 내 쪽으로 밀었다. 아저씨는 어떤 서류인지 이미 알고 있었고 쉽사리 도장을 찍어주지 않을 기세였다. 어쩌면 아저씨의 아내가 유산에 대한 엄마의 의중을 알아내고자 도장을 받아 오라고 한 것일지 모른다는 데에 생각이 미쳤다. 어떻게 해야 하나 머리를 굴리는 사이 손에 땀이 찼고 아랫배가 점점 더 불쾌하게 아파왔다. 아저씨가 입을 열었다.

"그래, 네 엄마는 안 온다냐?"

"제가 왔잖아요."

"죽고 나서야 오겠구먼. 네 엄마 보려면 빨리 죽어야겠다."

"장례식엔 가실까요?"

장례식이라는 말에 아저씨가 굳은 표정으로 나를 보았다. 시선을 다른 데로 돌리자 갑자기 크게 웃음을 터뜨렸다.

"너나 엄마나 빈말 못 하는 건 여전하구나. 맞아, 그래야 진순 씨지."

아저씨의 웃음 뒤에 맺힌 서글픔에 아저씨를 괜히 찾아왔다는 후회가 밀려왔다. 아저씨가 엄마 손을 잡고 흐느끼던 모습이 떠올랐다. 무릎을 꿇고 있었다. 엄마는 아저씨를 끝끝내 쳐다보지 않았다. 아저씨가 가고 나서 엄마가 내게 말했다. 헤어질 때가 되면 헤어져야지. 이렇게 자꾸 보는 게 죽은 사람이 살아오길 바라는 거랑 뭐가 다르냐. 엄마의 말에서 아저씨를 아빠에 빗대며 두 사람 중 누구라도 곁에 잡아두려고 했던 엄마의 한 시절이 끝났음을 느꼈다. 헐렁한 입원복을 입고 묵묵히 병원식을 먹는 엄마의 몸이 그날 따라 유독 외로워 보였다.

스무 살 봄, 학교 앞에서 자취를 하고 있던 내게 엄마는 자궁 적출 수술을 받는다며 산부인과로 오라고 했다. 근종이 커져서라고 했는데 보험을 해약하기 전에 보험비를 타야 되기 때문이라고도 했다. 생리 양이 감당할 수 없이 많아진 엄마가 몇 년 전부터 성인용 기저귀를 이용한다는 걸 알고 있었다. 자취하면 이불 빨래가 쉽지 않으니 내게도 기저귀를 이용해 보라고 챙겨주기도 했다.

병원에 도착했을 때 엄마는 수술복을 입고 있었다. 보호자 서류에 사인을 하자 엄마가 수술실 안으로 들어갔다. 나는 수술실 문 앞에 앉아 멍하니 엄마를 기다렸다. 삼십 분정도 지나자 불안하고 초조한 마음에 수술실 앞을 서성이게 되었다. 한참을 더 기다리고 나서야 수술실 문이 열렸다. 엄마의 담당 의사가 "김진순 님 보호자?" 하고 나를 찾았다. 잔뜩 긴장한 채로 의사에게 갔다. 스테인리스 트레이에 주먹만 한 핏덩어리가 있었다. 왜 이런 걸 보여주나 생각할 틈도 없이 의사는 메스로 핏덩어리를 짚으며 이 부분과 이 부분에 근종이 있었고 수술이 성공적으로 끝났다고 설명해 주었다. 식지도 않은 피를 묻힌 채 엄마 몸에서 떨어져 나온 그 덩어리는 의사가 메스로 누를 때마다 꿈틀거리는 것만 같았다. 의사는 당황한 내 얼굴을 무심히 보고는 트레이를 들고 다시 수술실 안으로 들어갔다.

엄마의 자궁은 아홉을 수정했고 그중 하나를 세상 밖으로 내보냈다. 내가 태어나기 전 세 번의 유산이 있었고 내가 태어난 후엔 다섯 번의 수술이 있었다. 처음 세 번의 유산이 아니었다면 나는 태어나지 못했을 거라고 했다. 계속된 유산으로 딸이든 아들이든 자식이 없는 것보단 낫다는 마음일 때 생긴 것이 나였다. 그 후엔 성별을 알고 나서 지워졌다. 임신 5개월이 넘어 수술한 적도 있다고 했다. 상처투성이일 줄 알았던 엄마의 자궁은 살덩어리 그 이상도 이하도 아니었다. 몸 안에 있을 때의 폭력적인 존재감에 비하면 실제의 모습이 볼품없어 실망스럽기까지 했다. 생리 중이 아니었다는 게 그때만큼 다행으로 여겨진 적이 없었다.

병실에 돌아온 엄마는 통통 부은 얼굴로 속이 시원하다고 했다. 몸이 벌써 한결 가볍다며 3킬로그램은 빠진 것 같다고 희미하게 웃었다. 마취가 풀리고 기운을 차리자 절개 부위를 소독하러 온 간호사에게 애교 섞인 목소리로 흉터가 남지 않게 잘 봐달라고 부탁했다.

"지난번엔 피가 어찌나 쏟아지는지 눈앞이 핑핑 돌아서 선짓국을 먹고 나서야 살겠더라니까."

텔레비전 채널을 돌리는 엄마에게 아저씨는 왜 안 오느냐고 물었다. 엄마는 이제 그 사람 볼 일 없다고, 전화가 와도 받지 말라며 채널을 돌리기만 했다. 언젠가는 생길 일이 일어난 것뿐인데 엄마와 아저씨가 헤어졌다는 게 믿기지 않았다. 텔레비전을 보며 웃는 게 부러 명랑한 척하는 것 같아 자꾸 엄마의 눈치를 살폈다. 어떻게 알았는지 아저씨가 꽃을 들고 병실에 나타나자 그러면 그렇지, 하고 조금 실망하기도 했다. 병실 밖으로 나가려고 하는 내게 엄마가 그대로 있으라고 할 때도 엄마가 진짜 화가 난 건지, 화가 난 척하는 것인지 알지 못해 선뜻 자리를 뜨지 못했다. 아저씨가 엄마한테 다정히 말을 건네자 엄마는 역겹다는 듯 고개를 돌렸다. 달래다가, 구슬리다가, 화를 내다가 아저씨가 엄마를 원망했다. 자네가 걱정이 되어서 수술받지 말라고 한 건데 왜 이러는지 모르겠다, 내가 뭐라든 결국 자네 고집대로 하지 않았냐고 말했다.

"멀쩡한 장기를 떼어 내는 게 어디 작은 수술인가. 몇 년 있으면 자연의 이치대로 흘러갈 텐데 몸에 손을 댔다가 고생할까 봐 그런 거 아닌가. 그만큼 내가 자네를 여자로서 아낀다는 게 어떻다는 건지 도무지 모르겠네. 이 꽃 좀 받아. 자네가 좋아하는 꽃으로만 주문했지 않나."

적당한 곳을 찾던 아저씨가 꽃다발을 엄마의 발치에 놓

왔다. 엄마는 아저씨가 마치 거기 없는 사람인 양 텔레비전만 보고 있었다. 아저씨가 엄마 앞에 무릎을 꿇고 앉았다. 아저씨가 손을 잡았을 때도, 울음을 그친 뒤 여전히 무릎을 꿇고 앉아 있을 때도 엄마는 꼼짝을 하지 않았다. 아저씨를 옆에 두고 지루한 듯 무심히 하품하는 엄마의 얼굴을 보고서야 나는 엄마가 진짜 헤어지려 한다는 걸 알게 되었다. 병실 밖으로 나와 병원 근처를 배회했다. 왜 지금일까 아무리 생각해도 엄마의 마음을 알 수 없었다. 아저씨가 싫다며 성가시게 굴던 딸이 드디어 집을 떠났는데, 혼자 있기 심심하니 주말에 약속 잡지 말고 집으로 오라고 성화면서 왜 지금 헤어지는 건지 이해가 되지 않았다.

날이 어둑어둑해질 때쯤 엄마한테 전화가 왔다.

"저녁밥 나왔어. 빨리 들어와."

"아저씨 갔어?"

내가 묻자 엄마는 누가 왔다 갔었니, 하고 딴청을 부렸다.

병상에 비스듬히 기대어 앉아 있는 엄마를 일으켜 세웠다. 엄마는 스테인리스 밥뚜껑에 내가 먹을 밥과 반찬을 덜며 남자한테 예쁘게 보이려고 애쓰지 마라, 연애 같은 거에 한눈팔지 말고 공부만 열심히 하라고 잔소리를 늘어놓았다. 그러다 중간중간 지겹다, 정말 지겨워, 끝까지 액세서리 취급 아니냐, 하고 물음인지 혼잣말인지 알 수 없는 말들을 했다. 다 먹은 식기를 치우고 있을 때 엄마는 아저씨가 두고 간 꽃다발을 물끄러미 바라보며 말했다.

"자기 아내였어 봐. 꽃을 사 왔겠니, 먹을 걸 사 왔겠니?"

내가 멀뚱히 꽃을 바라보며 말이 없자 엄마가 또 중얼거렸다.

"난 꽃보다 순댓국이 좋아. 한 번도 꽃이 좋은 적이 없어."

엄마의 얼굴이 여느 때보다 쓸쓸해 보여서 "내가 치울게" 하고 얼른 꽃다발을 들고 나왔다. 연분홍빛 수국을 다양한 색깔의 장미가 감싸고 있었다. 뿌리가 잘려 생기 없이 흐물거리는 꽃잎이 징그러웠다. 꽃다발을 자판기 옆 쓰레기통에 던져 넣으며 꽃을 선물하는 남자와는 만나지 않으리라 다짐했다.

어디를 보는지 먼 곳을 향해 있던 아저씨의 시선이 테이블 위에 놓인 서류로 돌아왔다. 가방을 열고 서류를 집어넣으며 물었다.

"유산을 주시려는 거예요? 얼마나 주시려고요?"

"네 엄마가 와야지."

"엄마가 오면 더 많이 주시게요?"

아저씨가 한숨을 내쉬곤 떨리는 손으로 진동벨을 만지작거렸다.

"갚을 건 갚아야지. 집에 네 엄마 돈이 들어갔다. 네 엄마가 아니었으면 집을 분양받지 못했다."

아저씨의 목이 메었다.

"지금 아들네가 들어와 산다. 네 엄마가 그 집 구조를 마음에 들어 했지. 네 엄마랑 살려고 알아본 집이었다."

"엄마가 그 돈을 갚으라고 했어요?"

"내가 갚고 싶다."

엄마가 아저씨에게 큰돈을 내주었다는 사실을 믿을 수 없었다. 엄마와 내 생활은 늘 빠듯했다. 인천을 떠나 아저씨의 집과 가까운 곳으로 이사를 오면서 엄마는 아빠의 공장을 처분하고 아파트 상가에 속옷 가게를 냈다. 복도식의 좁은 아파트는 여름엔 무덥고 겨울엔 외풍으로 코가 시렸다. 거실과 부엌이 일자로 이어진 집의 벽지가 습기에 차누렇게 뜨고 보기 싫게 부풀어 올랐지만 도배를 새로 할 여유가 없다며 십여 년을 그대로 살았다. 대학을 졸업한 뒤 첫 월급으로 한 일이 바로 그 집의 도배와 장판이었다.

아저씨가 새로 이사 갔다는 집 근처에 엄마와 함께 버스를 타고 갔던 때가 있었다. 아저씨는 모르는 일이었다. '캐슬'이라 이름 붙여진 신축 아파트 단지에는 들어가는 입구마다 비밀번호를 누르면 열리는 자동문이 설치되어 있었다. 비밀번호를 누르고 문을 열고 들어가는 아이의 뒷모습이 부러워 한동안 그 앞을 서성거렸다. 아저씨는 우리가 꿈꾸던 무엇 하나 주지 않을 사람이면서 엄마와 만나는 내내 언젠가는 줄 것처럼 굴었다. 이번에도 역시 마찬가지일 게 뻔했다. 갚고 싶다면 지금 갚으면 되지, 지금은 줄 돈이 없으니 유산으로 주겠다는 게 과연 뜻대로 이루어질 일인가 싶었다. 아저씨와 아저씨의 아내가 이러는 데 대해 엄마가 무슨 생각을 하고 있는지 도통 알 수 없었다.

"이제 와서 이러는 게 무슨 소용이 있어요?"

"무슨 소용이냐고? 끝까지 밝히지 않을 수 있었다. 집사람은 몰랐다."

"끝까지 숨기지 그러셨어요. 이런다고 두 분 관계가 예전으로 돌아갈 수 있어요? 엄마를 곤란하게 만드는 것뿐이잖아요."

"곤란하다고?"

아저씨의 목소리가 높아졌다. 눈꺼풀이 떨리는 게 보였다.

"그럼 고맙다고 할 줄 아셨어요?"

배가 다시 뭉치기 시작했지만 지지 않고 말했다.

"아니지, 받을 건 받아 가라는 거다."

"달라고 한 것도 아닌데 이제 와서 왜요?"

아저씨가 떨리는 손을 들어 이마를 짚었다.

"둘째 놈이 나한테 원망이 많다. 저한테 해준 게 없다더구나. 아파트 명의를 엄마 앞으로 말고 제 앞으로 해달라고 나를 찾아왔다. 엄마 앞으로 하면 지금 같이 살고 있는 형이 가져간다나. 명의만 자기 앞으로 해놓으면 팔아서 공평하게 나누겠다는데, 나는 둘째 놈이 그럴 줄 몰랐다. 둘째 놈이 그랬다고 하니까 집사람이 나보다 더 화를 내더구나. 그 집이 명의만 그렇지 자기 집이라고. 쓸고 닦고 가꾸고 먹이고, 그런 게 보통 일인 줄 아냐고 하더라."

아저씨가 흥분된 어조로 말을 이어나갔다.

"내가 농으로 그랬지. 그래 나 죽으면 그 집 갖고 뭐 하게? 그랬더니 그 집 팔아 작은 집으로 옮기고 여행 다닐 거라고 하더구나. 그럼 나도 그 여행 한번 같이 가게 침 잘 놓는 한의원에 데려다 달라니까 대답을 안 해."

"여기 계신 게 싫으세요?"

"아니, 그런 게 아니다. 엄마가 암으로 손도 써보지 못하고 갑자기 돌아가셨을 때 집사람이 친구들한테 호상이라고 하는 말을 들었다. 집사람 얼굴만 보면 화가 치미는 걸 참을 수 없었지. 아버지는 파킨슨에 치매까지 오래 앓으셨다. 네 엄마한테 내 아버지 돌보는 일을 맡기고 싶지 않았다. 아버지를 돌보는 건 집사람 일이었어."

그 문제로 엄마와 아저씨가 자주 다투는 걸 알고 있었다. 아저씨는 끝내 아버지를 요양원에 모시지 않았다.

"여기가 좋아. 침을 좀 맞으면 더 좋아질 텐데 그걸 안 해주는 거 빼곤 다 좋다. 그렇게 고집부리지 않고 아버지를 요양원에 모셨으면 좋았을 텐데 하는 생각을 이제 와서야 한다. 그럼 네 엄마랑 그 집에서 살았을 것 아니냐. 침 맞으러 구례도 다녀오고 의성도 다녀왔다. 한 번 더 가면 좋겠는데 그걸 안 해준다. 집 얘기를 하고 났더니 집이 신경 쓰였던지, 아님 어디서 뭘 봤는지 집사람이 사실혼 소송 얘기를 하더라. 배우자가 죽고 나서 연금이며 유산이며 사실혼 소송을 거는 사람들이 있다던데 당신은 그런 거 없지요? 하는데 말문이 딱 막히더구나. 네 엄마가 그런 일을 벌일지, 아닐지는 내가 알 수 없는 일 아니냐. 그 집 지분을 내놓으라고 하면 네 엄마 몫이 있는 게 맞지 않냐."

엄마가 차라리 아저씨가 말하는 그런 일을 벌일 만한 사람이라면 좋겠다 싶었다. 분이 차올라 호흡이 가빠졌고 루프가 머리로 밀었는지, 아니면 다리를 내밀었는지 배의 한쪽이 단단하게 뭉쳤다.

"그따위 유산 필요 없어요!"

"나는 죽기 전에 네 엄마를 한번 만나고 싶었다."

더 이상 참기 힘들었다. 도대체 왜 이러는 거냐고, 어쩌자고 이러느냐고 소리를 지르자 배가 더 단단해졌다. 장송행진곡이 처음부터 똑같이 다시 시작되고 있었다.

"김진순 씨는 원래 자기 것을 가져가면 된다. 나는 그렇게 할 거야."

그렇게 말하는 아저씨의 얼굴에 자신만만한 고집스러움이 서려 있었다. 복수를 하려고 마음먹은 것 같아 보이기도 했다. 그게 아니라면 엄마와 자신의 아내 사이에서 아슬아슬한 줄타기를 하며 둘 다의 애정을 받던 그 시절을 재현하고 싶은 것일 수도 있었다. 뱃가죽이 당기며 강한 통증이 밀려왔다.

"엄마는 절대 아저씨 안 만나요."

"네가 이해할진 모르겠지만 그 시절이 쉽지만은 않았다. 무엇 때문에 그렇게 살았는지 다시 한번 보고 싶을 뿐이다. 이렇게 꺼내놓고 나니 한결 나아. 숨통이 트이는 것 같고."

의자에 등을 기대어 앉은 아저씨가 고단한 일을 마쳤다는 양 눈을 감았다. 배가 뭉쳐 있어 바로 일어서지 못하고 숨을 천천히 몰아쉬었다. 정오의 햇살이 접견실 안으로 쏟아져 들어왔다. 거실 소파에 앉아 아저씨가 들고 온 CD를 듣던 때가 떠올랐다. 모차르트와 베토벤, 라흐마니노프와 쇼팽. 아저씨의 무릎 위에서 선율에 따라 피아노 치듯 움직였던 손가락이 직원이 쥐여주고 간 진동벨 부근에서 떨리고 있었다. 건반을 치는 시늉조차 쉽지 않았지만 두 번째와 네 번째, 세 번째 손가락이 장송곡의 선율에 따라 천천

히 움직였다. 메마른 고목나무처럼 파르르 떨리는 손가락
이 처연해 보였다. 창밖에서는 노랗고 빨갛게 말라가는 가
로수의 나뭇잎들이 바람에 흔들렸다.

*

외부의 소리가 점점 더 지독하게 침입해 옵니다. 때때로
기쁘고 대부분 슬픕니다. 감정이 바뀐다는 게 당혹스럽습니
다. 자꾸만 의문이 생깁니다. 왜 이 좁은 공간에 갇혀 있어야
하는지, 빛이 느껴질 때 밀려드는 감정은 도대체 무엇인지
이해할 수 없습니다. 이해할 수 없는 일이 생긴 것을 이해할
수 없습니다. 이젠 더 이상 에너지로 남아 있을 수 없는 걸까
요? 절망하고 절망해도, 되돌아가려고 애를 써도 방법이 없
는 걸까요?

*

집에 돌아오니 베란다에 두었던 빨래 건조대가 거실에
펼쳐져 있었다. 천기저귀가 빨래 건조대를 가득 채우고 있
었다.

"천기저귀 안 쓸 거야. 안 쓸 걸 뭐 하러 사요."

"낳고 나면 귀하게 키우는 거야. 그 사람은 어떻든? 곧 죽을 것 같아? 서류에 사인은 해?"

"안 해. 죽으려면 멀었어. 엄마가 아저씨한테 돈 빌려줬어요?"

"빌려줄 돈이 어디 있어."

"진짜 아니야?"

내가 재차 묻자 엄마는 늦은 점심상을 차리며 말을 돌렸다. 김치와 볶은 돼지고기에서는 비릿한 누린내가 가시지 않았고, 멸치볶음은 너무 짰다. 물컹거리는 양배추잎을 씹다가 밥이 반 정도 남은 그릇을 개수대에 넣고 설거지를 했다. 속이 더부룩하고 식은땀이 났다. 탄산수를 꺼내 한 모금 마시고 소파에 비스듬히 기대어 누웠다.

식탁 앞을 서성이던 엄마가 돈을 빌렸다고? 중얼거리더니 나를 불러 유모차 제일 비싼 거로 사라고 했다. 내가 아저씨 멀쩡해, 정정하다니까! 했더니 또 말이 없었다. 머리가 지끈거렸다. 아랫배가 살살 아파왔다. 이번엔 진짜 진통인가 싶어 진통 앱을 켰다. 5분, 10분, 7분 불규칙적인 간격으로 배가 뭉쳤다 풀렸다. 인터넷 맘카페에 진통에 대해 찾아보다가 엄마한테 나 낳을 때 어땠어, 하고 물었다. 엄마가 딴소리를 했다.

"마지막으로 지웠던 애는 남자애였어."

"뭐?"

예상치 못한 말에 소파에서 몸을 일으켰다. 엄마는 무덤 덤하게 말을 이어나갔다.

"네 아빠는 여자애인줄 알고 지우라고 했지. 수술하는 의사가 뭐라고 하지도 않았는데 애가 셋이라 하나 더는 못 키워요, 하고 의사 앞에서 엉엉 울었다니까. 그때 애 낳기 가 그렇게 싫었다. 겨우 한숨 돌리고 살 것 같았는데 또 애 한테 매여서 집에 갇히라니, 절대 못 하지. 네 아빠 소원 들 어주는 셈 치고 낳았어봐. 네 할머니가 네 아빠 돌아가시고 나서 나를 가만히 뒀겠어? 수술받길 잘했지. 결혼 안 했으 면 애는 안 낳았을 거야. 그러니까 네가 이해가 안 된다는 거다."

"엄마, 제발 그만!"

이어질 말을 예상하면 귀를 막고 싶은 심정이었다.

"너한테 또 뭐라고 하겠다는 건 아니고 애 지우는 게 큰 일이 아니라는 거야. 낳는 건 뭐 별일이겠니. 네 아빠가 점 심 먹겠다고 나간 사이에 네가 나왔어. 조금만 기다려, 조 금만 기다려 했는데 그게 마음대로 되나, 간호사가 배 위에 서 눌러대고 진짜 이러다 죽겠다 싶으면 애가 나오는 거지. 밑이 얼마나 찢어졌는지 한동안 제대로 앉지도 못했어. 화 장실 가기가 무서울 만큼 아픈 게 너 백일까지 그랬다."

엄마는 내가 겁먹은 기색을 알아챘는지 한마디 덧붙였다.

"지금은 기술이 좋아졌잖니."

기술이 아무리 좋아져도 몸은 그대로였다. 예정일까지 고작 십여 일, 아저씨를 만나면서부터 아랫배가 아프고 태동이 줄어든 게 아무래도 신경이 쓰였다. 이상이 있으면 바로 병원으로 오라고 했는데 이게 평범하지 않은 신호인지, 아니면 출산을 앞둔 산모가 흔히 겪는 증상인지 판단하기 어려웠다. 시간이 더 늦기 전에 병원에 갔다 올까 망설이고 있는데 대호에게서 전화가 왔다. 전화를 받지 않고 무슨 일이야? 하고 문자를 보냈다. 문자를 작성하고 있다는 말줄임표가 한참 뜨다가 이제 얼마 안 남았지? 하는 메시지가 떴다.

―왜?

―주고 싶은 게 있어서.

―뭔데?

―거기 살지? 문 앞에 두고 갈게.

루프가 태어나기 전에 한 번쯤 연락이 올 거라 예상하고 있었다. 끝까지 나쁜 사람으로 남지 않으려고 애쓰는 것이 대호의 장점이자 단점이었으니까. 대호의 연락까지 받고 나자 극심한 피로감이 몰려왔고 병원에 가볼 기운조차 나지 않았다.

엄마는 무슨 생각을 하는지 식탁에 우두커니 앉아 있었다. 나 좀 잘게, 하고 방에 들어가 누웠다. 집에 다녀오겠다는 엄마의 목소리가 들렸지만 묵직한 잠의 기운이 몸을 내리누르고 있어 대답을 하지 못했다.

카페 '팬'의 천장에 설치된 커다란 팬이 언제나처럼 천천히 돌고 있었다. 세계에서 가장 큰 프로펠러 비행기인 스프루스 구스의 프로펠러를 그대로 본떠 만든 팬이라고 했다. 벽이나 찬장에 설치된 정교한 비행기 소품이며 벽 한쪽에 줄지어 세워져 있는 먼지 쌓인 와인병 같은 것들 모두 친숙한 모습 그대로였다. 대호가 휴대전화에 녹화되고 있는 자기 얼굴을 보며 말했다. 스프루스 구스는 세계에서 가장 큰 비행기로 꼽히지만 고작 26초를 비행하고 다시는 날지 못했다고 합니다. 스프루스 구스를 만든 하워드 휴즈는 불가능한 꿈을 꾼 것일까요? 26초를 성공의 씨앗이라고 바라보면 어떨까요? 2차세계대전이 끝나는 바람에 처음 계획했던 것처럼 군수용 비행기로는 이용되지 못했지만 상상을 초월할 정도로 큰 비행기도 날 수 있다는 걸 보여주었습니다. 스프루스 구스는 에버그린 우주 항공 박물관에 전시되어 지금까지도 많은 사람에게 영감을 주고 있지요. 이 영상을 보는 여러분, 구독, 좋아요를 잊지 마시면서 긍정적으로 생각하는 하루를 가져보세요. 그럼 안녕!

대호는 연미복을 입고 있었다. 빙글빙글 정신없이 돌며 위로 올라갔다 내려갔다 움직이는 비행기 놀이기구에 나를 태웠다. 자작나무로 만든 비행기야. 대호가 자랑스럽다는 듯 뻐기는 표정을 지었다. 내리고 싶어. 토할 것 같아. 비행기가 한 바퀴 돌아 제자리로 돌아올 때마다 대호가 관람석에 서서 손을 흔들었다. 배가 아파! 내가 소리치자 안 들린다고 고개를 저었다. 배가 아프다고! 비행기는 멈추지 않고 더 빠르게 빙글빙글 돌았다. 네 마음대로 안될걸? 대호가 비아냥거렸다. 나는 대호에게 거기 서 있지 말고 비행기를 멈추라고 고함쳤다. 대호는 손을 흔들며 멀어졌다.

기침을 하며 잠에서 깼다. 숨을 고르자 단단하게 뭉쳐 있던 배가 풀리면서 루프가 요동쳤다. 발로 차고 머리나 손으로 미는 것과는 다른 움직임이었다. 루프 몸의 어떤 부분이 움직이고 있는지 짐작할 수 없을 정도로 배 전체가 흔들렸다. 루프는 강하게 온 배 속을 휘젓고 다녔다. 휴대전화를 찾으려고 어떻게든 일어나자 태동이 거짓말처럼 잠잠해졌다. 숨을 몰아쉬며 배를 살살 쓰다듬었다. 루프의 딸꾹질이 느껴졌다. 딸꾹질의 위치가 오른쪽 배꼽 옆에서 왼쪽으로 바뀌어 있었다.

붉고, 푸르고, 대체로는 그저 하얗게 시야를 가리는 빛이 집 안을 가득 메웠다. 병원을 가려고 옷을 챙겨 입는 와중에 자꾸만 눈물이 흘러내려 앞이 제대로 보이지 않았다. 밖으로 나오자 아파트를 둘러싼 도로가 오가는 차들로 혼잡했다. 택시를 잡으려고 시도했지만 대부분 초록빛 '예약' 표시를 깜빡이며 지나가 버렸다. '빈 차'가 표시된 택시도 그대로 지나쳤다. 도로에서 물러나 앱으로 택시를 불렀다. 그사이에 루프가 어떻게 되는 건 아닌가 싶어 배를 자꾸 눌러보았다. 마음을 강하게 먹으려 했지만 그런 다짐만으로 울음을 멈추긴 힘들었다.

야간으로 운영되는 분만실에 들어가자 간호사가 앞쪽에 길게 단추가 달린 원피스 모양의 입원복을 꺼내주었다. 진통이 온 게 아니라고 해도 바로 분만으로 진행될 수 있으니 일단 옷을 갈아입으라고 했다. 속옷까지 모두 벗고 품이 헐렁한 입원복 하나만 입고 나니 온몸이 달달 떨렸다. 옷을 가지러 들어온 간호사가 그렇게 울면 아이가 힘들어요, 심호흡하세요, 하고 꾸짖듯 엄하게 말했다. 지정해 준 병상에 눕자 커튼 사이사이로 신음 소리와 한숨 소리, 울부짖는 소리가 들려왔다. 간호사 여럿이 와 배에 태아의 심박을 측정하는 장치를 붙였다. 태아 심박이 너무 떨어져 있으니 일단 산소 호흡기 좀 할게요, 산모님, 진정하시고 울음을 그치셔야 해요! 간호사가 또 한 번 엄하게 타일렀다.

나는 그렇게 잘 우는 사람이 아니라고 항변하고 싶었지만 눈물이 계속 흐르고 있었다. 머리맡에 놓인 네모난 기계의 액정 위로 심박수가 점점 올라가는 게 보였다. 산소 호흡기를 끼고 나자 울음이 천천히 잦아들었다. 산소가 부족해 울음이 터졌던 것인가 어리둥절한 기분마저 들었다. 당직 의사가 초음파 기계를 끌고 나타났다. 간호사가 배 쪽의 단추를 풀었다. 몇 주죠? 당직 의사가 묻는 말에 간호사가 37주 5일이라고 차트를 보며 대답했다.

"태아 머리가 위로 갔어요. 내진 한번 해보겠습니다."

간호사가 능숙하게 자세를 잡아주었다. 비닐장갑을 낀 당직 의사의 손이 질 속으로 들어왔다.

"양수가 줄었고 자궁문이 열렸어요. 수술 날짜를 잡으셔야겠습니다."

"역아가 되었다는 거예요? 다시 자세를 바꾸진 않을까요?"

산소 호흡기의 기계음에 목소리가 묻혔다. 못 알아듣는 듯한 의사의 표정을 보고 목소리를 가다듬고 크게 말했다.

"지금 바로 수술하는 거예요?"

"응급 수술을 할 정도는 아닙니다. 스케줄 잡아서 연락드리겠습니다."

당직 의사가 초음파 기계를 끌고 커튼 밖으로 나가자 간호사가 말했다.

"수술 날짜는 주치의가 잡으실 거고요. 혹시라도 진통처럼 배가 아프다 싶으면 바로 오셔야 돼요. 아셨죠?"

산소 호흡기를 낀 채로 고개를 끄덕였다. 마스크 뒤로 간호사가 미소를 지어 보였다. 아이가 잘못될까 봐 겁을 먹는 건 부끄러운 일이 아니라고 위로해 주는 것 같아 울컥 따뜻한 기운이 온몸에 퍼졌다. 잘 울고, 별것 아닌 일에 감동하고 이런 사람이 아니었는데 루프가 생기고부터 무언가 크게 달라지고 있었다. 루프는 이제 큰 움직임 없이 배 속에서 가만히 놀았다. 루프가 태어나길 기다렸지만 결국에는 태어나고 만다는 게 두렵기도 했다. 안전히 있다는 게 다행스러웠고 루프의 안녕을 바라는 내 마음이 다른 어떤 마음보다 크고 강하다는 게 당황스러운 한편 설명하기 어려운 충만감이 차올랐다. 무엇으로도 대체할 수 없는 이런 존재를 평생 기다려왔던 것만 같았다.

*

회귀하려는 마지막 노력이 수포로 돌아갔습니다. 옹졸함, 질투, 미움, 끝없이 차오르는 화와 누군가를 해치고 싶은 마음들이 실패와 함께 찾아왔습니다. 미래의 시간에서 회귀에 성공한 에너지들이 내게 인사를 건네고 떠나갑니다. 65년 14일 12시간 8초 뒤의 시간에서 온 에너지가 인간들이 시도한 인공 자궁에서의 착상 프로젝트 덕분에 쉽게 에너지로 회귀할 수 있었다고 알려줍니다. 인공 자궁에서는 10주를 넘기지 않고 에너지로 돌아왔다고 환호성을 지릅니다. '자궁'이라는 단어에 배 아래 어딘가 깊은 곳이 뜨겁게 끓어오르는 듯한 느낌이 듭니다. 나를 부르는 목소리가 우주의 진동을 뒤덮습니다. 내게 속삭이는 목소리가 이젠 익숙하고 편안합니다. 목소리가 들리길 기다리고 있는 내가 조금 두렵기도 합니다. 그런데 지금 내가 나라고 했나요? 나는 누구죠?

*

엄마는 다음 날 아침 묵직해 보이는 종이 가방을 집으로 들고 왔다. 역아여서 수술을 하게 됐다는 말에 진통을 겪지 않고 낳으니 오히려 잘됐다고 하곤 두툼한 서류와 통장을 하나하나 살피고 비교하기 시작했다. 사흘 뒤 오후로 수술 날짜가 잡혔다. 그 후로는 더 이상 진통이 오지 않았다. 배에 손을 올리면 충분히 자란 루프의 일정하게 뛰는 맥박이 느껴져 마음이 평온해졌다. 누워 있는 자세가 불편해 밤에 자주 깨긴 하지만 치골통이 오히려 나아져서 다시 없을 임신 기간이 끝나는 게 아쉽기마저 했다.

루프 방 창문을 열어 도로 건너 야산을 바라보았다. 울긋불긋 물든 나뭇잎들이 아름다우며 애처로웠다. 바람이 불때마다 바싹 마른 나뭇잎들이 한 줌씩 떨어져 바람에 흩날렸다. 커튼을 치고 아기 침대의 프레임을 들어 올렸다. 유튜브에서 조립 영상을 돌려 보고 있자 엄마가 방으로 들어왔다. 엄마가 시키는 대로 했더니 유튜브 조립 영상을 빨리 돌리기라도 한 것처럼 침대가 뚝딱 완성되었다. 왜 이런 걸 샀느냐 싫은 소리 없이 묵묵히 조립을 마친 엄마가 입을 열었다.

"내일 여기로 찾아오겠단다."

"누가요?"

"지영자 씨."

"그게 누군데요?"

엄마의 얼굴에 긴장감이 서렸다. 아저씨의 일이 머리에 떠올랐다.

"엄마한테 서류 보낸 분?"

엄마가 한숨을 쉬며 고개를 끄덕였다.

"너 임신한 것도 알고 있어."

"만나서 반가울 사이도 아닌데 뭐 하러 여기까지 온대요?"

"보러 오겠다면 만나야지."

"그럼 두 분이 만나세요."

"널 보고 싶대."

"왜 자꾸 날 끼워 넣어요?"

"나 말고 너한테 할 말이 있나 보지."

점점 속이 타오르는 나와 달리 말을 이어나갈수록 태연해지는 엄마의 태도에 화가 치밀어 올랐다. 엄마는 아기 이불을 들고 와 침대에 깔고 베개의 위치를 잡으면서 분주하게 움직였다.

"아저씨를 안 만날 수 없었어요?"

"더 나쁜 사람이 아니었다는 게 네 복이야."

"더 나쁠 수 있었다는 가능성을 얘기하면서 엄마가 잘했다는 식으로 말하지 마세요."

"이렇게 고집부려서 애를 낳는 건? 걔가 크면 그럴 거다. 자기를 왜 낳았냐고. 왜 자기만 아빠가 없냐는 얘기도 하겠지. 너처럼 징그러울 정도로 커지면, 이왕 만날 거면 돈 많은 남자를 만나라고 할 거고."

"아니, 나는 외롭지 않게 키울 거예요. 내가 엄마 같은 줄 알아?"

더 이상 할 말이 없다는 듯 한숨을 길게 내쉰 엄마가 방바닥에 놓여 있던 포장 박스를 치우고 다시 식탁으로 가 앉았다. 폭탄을 떨어뜨려 놓고 도대체 뭘 하는 건가 보니 통장과 가계부, 프린트한 서류의 카드 내역서 등의 입출금 기록을 비교하며 돈을 어디에 썼는지 정리하고 있었다. 아저씨와 오고 간 돈의 내역을 밝히려면 적어도 십 년 치를 살펴봐야 하는데, 한 달 치 카드 명세서만 봐도 도통 어디에 썼는지 알 수 없는 나로서는 엄마의 작업이 불가능한 일을 붙잡고 늘어진 무모함으로밖에 보이지 않았다. 계산기를 두드리고, 숫자를 보고, 한숨을 내쉬고, 뿌리가 하얗게 올라온 머리카락을 쥐었다 풀며, 옆에서 내가 뭐라고 하든 내역을 정리하는 일을 계속했다. 화장실과 밥 먹는 시간을 제외하곤 엄마는 통장을 들여다보며 꼼짝도 않고 앉아 있었다. 도와줄까요, 물으면 큰 비밀이라도 되는 양 통장과 서류를 가리며 못 보게 했다. 밤새 한숨도 자지 못해 빨개진 눈으로 아저씨의 아내를 만나기로 한 날 오전까지 서류를 손에서 놓지 않더니, 아저씨 아내를 만나러 나갈 때는 막상 종이가방에 오래된 통장들과 종이 몇 장만 챙겨 넣었다.

아파트 1층 상가에 위치한 커피숍으로 들어가자 둥그스름한 챙이 달린 검은색 모자를 쓴 아저씨의 아내, 지영자 씨가 일어났다. 곱게 화장을 했지만 머리카락이 듬성하게 빠진 머리 부분이 가장 먼저 눈에 들어왔다. 엄마가 묵례를 하고 아저씨의 아내 앞에 앉았다. 아저씨의 아내는 나를 보며 아유, 애가 곧 나오겠네, 하더니 사람 좋은 얼굴을 했다. 엄마 친구를 만난 것처럼 어색하게 웃어 보이고 무엇을 드실지 여쭤보았다. 따뜻한 아메리카노,라는 대답에 이상하게 안심이 되었고 카운터로 가서 머그잔에 담긴 따뜻한 아메리카노 세 잔을 들고 돌아왔다. 아저씨의 아내가 친근한 어조로 말했다.

"커피 한 잔 정도는 괜찮죠?"

그런 물음이 아주 오래전부터 알던 사이의 대화처럼 여겨져서 이상했고, 따지고 보면 아주 오래된 사이가 맞긴 해서 멋쩍게 웃으며 네, 이제 곧 낳을 거라서요, 하고 말했다.

"낳고 나서가 고생이지. 딸이에요? 아들이에요?"

"아저씨한테 못 들으셨어요?"

내 물음이 아저씨의 아내 얼굴에서 친절을 가장한 웃음을 거둬냈다.

"아저씨라고 불렀나 보지요?"

내가 답을 하지 못하고 당황한 채 우물거리자 엄마가 종이 가방에서 열 개가 넘는 통장과 입금 내역이 정리된 종이를 꺼내 테이블 위에 펼쳐놓았다. 연도별로 총입금 내역과 출금 내역이 정리되어 있었다. 엄마가 아저씨에게 보낸 돈에는 아저씨가 말했던 아파트의 계약금과 중도금 내역이 있었다. 그 외에도 생활비며 지수 입학 선물, 크리스마스 선물 등의 내역과 구스 패딩, 백화점 식품관, 야구장 입장권 등의 소소한 비용이 적혀 있었다. 통장 뒤에는 프린트가 흐릿해진 영화관 입장권, 피아노 연주회 초대권, 교복 대금 영수증 같은 것들이 돈의 쓰임을 실물로 증명하듯 끼워져 있었다. 지금껏 아저씨가 내게 준 것이라 생각했던 대부분이 엄마가 부담한 거였다. 아저씨한테 서운한 마음이 들어 스스로 흠칫 놀랐다.

엄마는 아저씨가 이혼할 때를 대비해 작정하고 기록을 남겨놓은 것 같았다. 초기의 통장들과 달리 아저씨와 엄마의 사이가 뜸해질수록 이체 내역은 적어졌고 무슨 일로 돈이 오고 갔는지에 대한 기록도 없어졌다. 총결산으로 엄마가 아저씨한테 보낸 돈이 51만 원 더 많았다. 그 옆에 엄마는 붉은 글씨로 '이자는 따로 계산하지 않음'이라고 써놓았다. 아저씨의 아내가 통장을 넘겨 보더니 차분한 목소리로 말했다.

"빌려준 돈에 대한 이자를 계산하지 않았다는 건가요?"

엄마가 태그를 붙여놓은 통장을 여러 개 펼쳐놓고 내역을 짚으며 말했다.

"가게를 열 때 빌린 돈 삼천을 갚으면서 천만 원을 빌려주었어요. 삼천에 대한 이자는 물론 천만 원에 대한 이자를 계산하지 않고 원금만 주고받았어요. 여기, 보이시죠? 돈이 여러 번 오고 가다 보니 헷갈렸나 봐요. 저한테 갚을 돈은 없어요."

테이블 위에 무수히 쌓인 통장을 한동안 응시하던 아저씨의 아내가 입을 열었다.

"따님 집은 어떻게 샀는지 물어봐도 될까요?"

내가 나서서 대답했다.

"제가 벌어서 샀어요. 은행에서 대출도 받았고요."

대출 은행의 모바일 뱅킹에 접속하자 아저씨의 아내가 그런 나를 보고 말했다.

"장하네. 젊은 나이에 집을 사고."

뭘 잘못 들었나 싶어 네? 하고 되물었다. 엄마가 통장을 꺼내놓았을 때 고통스러운 듯 눈살을 찌푸렸던 모습은 사라지고 어느새 처음 만났던 때처럼 아저씨의 아내는 사람 좋은 얼굴을 하고 있었다. 아저씨의 아내가 말했다.

"그 사람과 이혼을 할까 해요."

엄마와 내가 아무 말 없이 경직된 표정으로 앉아 있자 아저씨의 아내가 다시 한번 말했다.

"그 사람과 이혼을 하기로 했어요."

그러곤 여유롭게 엄마와 내가 어떤 반응을 보이는지 살폈다. 아주 오랫동안 우리에게 이 말을 하는 순간을 기다린 사람처럼. 나는 저도 모르게 배를 쓰다듬었다. 부드럽게 유영하는 루프의 태동이 느껴졌다. 엄마가 테이블 위의 통장을 정리해 서류 봉투에 가지런히 담았다. 그걸 아저씨의 아내에게 건네지 않고 엄마의 가방에 넣었다. 엄마는 차분한 태도로 다른 테이블에 옮겨놓았던 머그잔을 들고 와 천천히 마셨다. 아저씨가 이혼할 거라는 미래의 일보다 아저씨와의 과거가 남아 있는 통장을 더 중요하게 여기는 것 같았다. 아저씨의 아내는 엄마가 보관해 온 통장에 대해선 언급을 하지 않으려 노력했지만 끝까지 참기는 어려웠는지 한마디를 비아냥거리듯 내뱉었다.

"준다는 데 모른 척 받지 그랬어요."

"그럴 사이가 아니니까요."

엄마가 담담하게 입을 떼자 아저씨의 아내가 한층 누그러진 태도로 말했다.

"항암 중이에요. 집에 있겠다던 그 사람이 내가 아프니까 어쩔 수 없이 요양원으로 갔어요. 만나는 사람이 있다는 걸 짐작은 하고 있었는데 이렇게 오랫동안 만났을 줄은 몰랐어요. 아무것도 몰랐던 거나 마찬가지지요. 몇 명, 만나다 헤어졌다 하는 줄 알았어요. 사실, 누굴 만나든 상관없다고 생각했어요. 살면서 몇 번이나 이혼을 하고 싶었는데 못 했어요. 이제 와서는 나도 아프고, 그 사람도 아프고 이혼이 무슨 소용이냐 했는데 그게 아니에요. 왜 진작 안 했나 모르겠어요. 합의 이혼 하고 나면 자식들 유산 가지고 다투는 꼴 안 봐도 되고, 사실혼이니 동거인이니 그런 거 걱정할 필요도 없었는데 말이에요. 고집불통 노인네 찾아가서 사인 받겠다고 했던 시간이 아깝지 뭐예요. 그 사람은 내가 이혼을 하자고 할 줄은 꿈에도 몰랐나 봐요."

아저씨의 아내는 어쩐지 나를 보며 얘기하고 있었다. 내가 고개를 끄덕이자 말을 이어나갔다.

"우린 전쟁을 겪었어요. 까마득하게 들리겠지만 나는 전쟁고아였고, 미국인 선교사를 따라다니며 고아들 부모 찾아주는 일을 하던 게 아버님이었어요. 그렇게 찾은 부모라고 해봐야 양부모였지만 없는 것보다 나았지요. 선교사님 댁엔 피아노가 있었어요. 아버님이 피아노를 돌보았어요. 비단 천으로 건반을 닦던 아버님은 조금씩 대담해졌어요. 처음에는 한 손가락으로, 나중에는 떠듬떠듬 선교사님이 치던 가락을 흉내 냈지요. 능숙하게 칠 수 있게 되자 아버님의 가락에는 귀기가 서렸어요. 마음을 뒤흔들어 놓고 결국에는 먹먹해지는 그런 가락이 어떤 건지 알까요? 선교사님의 포교지가 바뀌어 피아노가 들려 나갈 때 아버님이 곡을 했어요. 피아노를 집에서 들고 나갈 방법이 없어 상여꾼들이 와서 관을 내듯 피아노를 메고 갔는데 아버님이 곡을 하자 선교사님이 성호를 그으며 호통을 쳤어요. 아버님은 곡을 멈추지 않았어요. 아버님은 전쟁에서 큰아들을 잃었어요. 큰아들이 죽은 게 아니라 행방불명된 것처럼 말해서 사람들이 오해를 많이 했어요."

아저씨 아내의 눈에 눈물이 맺혔다. 나는 커피숍의 티슈를 건넸다.

"비행기가 날아다니며 폭탄을 떨어뜨리면 바로 옆에서 몸이 산산조각 나요. 사방에 피가 튀고 파리 떼가 들끓어요. 아수라장이 된 그곳을 산 사람들이 헤집어요. 피가 묻은 천 조각을 들춰서 먹을 걸 찾아내고 그걸 게걸스럽게 먹어 치워요. 곡을 하는 아버님 옆에서 정신을 놓고 울었던 게 저예요. 방직 공장에서 희남 씨를 다시 만났을 때 아버님이 어떻게 지내시는지 궁금했어요. 첫아이를 낳았을 때 누구보다 기뻐했던 게 아버님이었어요. 현호를 품에서 놓지 않을 정도였다니까요. 아이들을 가르치겠다며 희남 씨가 집에 피아노를 들여놓았을 때 아버님은 그걸 못마땅해하셨어요. 희남 씨가 피아노에 미련을 보이는 것도 싫어하셨지요. 아버님은 선교사님 댁을 떠난 후로 피아노를 한 번도 치지 않으셨대요."

아저씨의 아내가 말을 끊고는 숨을 돌렸다. 나는 어느새 이야기에 열중하고 있었다. 텔레비전에서나 보았지 전쟁 얘기를 실제로 듣는 건 처음이어서 전쟁을 겪고 살아남은 아저씨와 아저씨의 아내가 다른 세계의 사람인 양 아득하게 여겨졌다. 아저씨가 이상한 고집을 부리는 것도 전쟁을 겪었어,라고 비통하게 말하면 이해하려고 노력할 수 있을 것 같았다.

"이런 얘기를 왜 하나 이상하지요? 오래 만난 사람이 있고 그 사람한테 딸이 있다는 얘기를 듣고 나니 죽을 만큼 괴로웠어요. 내가 얼마나 우스웠으면, 한심했으면 하고 화가 나서 잠을 못 잤어요. 사람을 써서 두 사람에 대해 알아봤어요. 모르는 상태로는 마음이 지옥이라 뭐든 해야 했으니 이해해 주길 바라요. 처음에는 처지를 알고 기뻤어요. 마땅히 불행해야 한다고 생각했거든요. 그것도 이해해 주길 바라요. 그런 마음들이 지나가고 나니 아빠 없이 태어나는 애는 누구의 환대를 받나 하고 자꾸 따님 쪽으로 마음이 기울었어요. 한편으로는 사람들의 시선이 무서워 나는 참고 살았는데, 혼자 애를 낳겠다는 따님이 대단하기도 했고요. 눈치 보지 않고 아이를 낳기로 결심한 게 혹시 그 사람이나 나 보라고 그러는 게 아닐까 하는 생각까지 들더라고요. 그래서 애를 낳기 전에 이렇게 끌어안고 살 수밖에 없었던 이유가 있다는 걸 말해주고 싶었어요."

불행이라는 말을 들은 순간부터 그 뒤의 얘기가 귀에 들어오지 않았다. 아빠 없이 태어나는 애라고 말하다니, 의뭉

스러운 노인네라는 생각에 입술을 질끈 깨물었다. 잘근잘
근 밟고 모욕을 주려고 만나자고 한 거겠지 싶었다. 얼굴이
붉게 달아올라 "저기요" 하고 말을 내뱉자 엄마가 가만히
내 팔을 잡았다. 한때 아저씨의 아내였던 지영자 씨가 다시
입을 열었다.

"요즘은 우리 때랑 세상이 달라졌지요. 아빠 없이 태어
나는 게 나쁘다는 말이 아니에요. 애를 보는 게 하나보다는
둘이, 둘보다는 셋이 낫다는 거예요. 우리 아이들에게 아빠
이자 엄마는 아버님이었어요. 아이 둘을 연달아 낳으면서
지금 말로 산후 우울증이랄까, 내가 많이 안 좋았어요. 요
즘 애들은 혼자 알아서 다 하겠대. 우리 며느리도 그랬어
요. 아이를 같이 돌봐줄 사람을 많이 사귀면 사귈수록 좋아
요. 그렇지요?"

엄마 쪽으로 눈길을 주지 않았던 아저씨의 아내가 이번
에는 엄마를 바라보며 물었다.

"애들이 어른 말을 들어야 말이죠."

엄마가 맞장구를 쳤다. 두 사람이 나를 두고 뭘 모른다는
식으로 말을 이어나가는 게 당황스러우면서도 끼어들 틈
이 없어 잠자코 있을 수밖에 없었다. 갑자기 추워졌다. 올
해는 작년보다 더 추울 거라더라 하는 한담이 오가더니 이
내 정적이 흘렀다. 바람이 불자 샛노랗게 물든 은행잎이 거

리로 흩어져 내렸다. 바닥에 깔리고 밟힌 은행 냄새가 커피숍 문이 열릴 때마다 흘러들어 왔다. 창밖을 보던 두 사람이 동시에 나를 돌아보았다. 주름진 눈가와 점점이 피어오른 기미, 일견 화가 난 듯 보이는 무표정한 얼굴이 닮아 있었다. 어색함을 피하려고 시선을 아래로 내리자 두 사람의 시선이 내 배에 닿으며 회한에 잠긴 듯 미소가 피어올랐다.

"좋을 때예요."

아저씨의 아내가 말하자 엄마 역시 중얼거렸다.

"좋을 때죠."

불행하다고 내리꽂더니 이젠 좋을 때라고 들어 올리는 게 어리둥절했다. 하루하루가 지옥인 삶이 지나가고 나면 그것도 추억이 될 거라고 빈말로 다독이는 것과는 달랐다. 정말로 그 시절이 좋았기에 뒤늦게 꺼내놓는 진심이었다. 각자가 반추하는 좋은 때에는 누구도 훼손하지 못하는 고고함이 서려 있는 것만 같았다. 문득 목소리 높여 싸우면 뭐 하나, 그거면 된 거지 싶었다. 그 시절을 그대로 인정하는 게 두 사람에게 어떤 의미인지 조금 알 것 같았다.

　현관문을 열 때마다 대호가 놓고 간 물건이 있나 살폈지
만 수술 날 아침이 되어서도 대호는 다녀가지 않았다. 엄마
는 지영자 씨를 만나고 온 뒤로 어려운 숙제를 끝낸 듯 가
뿐해져서 자꾸 현관문을 열고 두리번거리는 내게 싫은 소
리를 아끼지 않았다.

　이미 싸두었던 출산 가방을 다시 한번 꼼꼼히 살폈다. 금
식이라고 여러 번 말했지만 엄마는 돌아서면 잊어버리는
지 자꾸만 먹을 걸 권했다. 엄마는 좁은 집 안에서 잠시도
가만히 있지 못하고 종종거렸다. 나보다 엄마가 더 긴장을
하는 것 같았다.

　"이제 한동안 외출 못 할 텐데 잠깐 바람이나 쐬고 올
까요?"

　엄마는 내 말에 외출을 내가 못 하냐, 네가 못 하지 통명
스럽게 말하더니 주섬주섬 옷을 챙겨 입었다. 그때 현관문
앞에서 인기척이 들렸다. 누가 왔나? 하며 나가려는 엄마
의 팔을 잡았다.

　"왜? 택배 아니야?"

　"누가 뭐 주고 간다고 했어."

　"누가?"

내가 대답하지 않자 엄마는 신발도 신지 않고 나가 현관 문을 열었다. 문 앞에 초록색 상자가 놓여 있었다. 엄마가 상자를 들고 들어오며 누구냐고 계속 다그쳐 물었다. 나는 대답하지 않고 상자를 열었다. 상자 안에는 '생명의 나무 모링가'라고 쓰인 작은 박스 두 개가 들어 있었다. 엄마가 박스에 쓰여 있는 글자를 읽었다. 대호가 주는 것은 역시 영양제뿐인가, 하고 피식 웃음이 나왔다.

"아흔두 가지 영양소, 마흔여섯 가지 항염증 성분과 아연, 아스코르빈산 항산화물질 함유, 유기농만을 취급하는 인도의 농장에서 직접 재배하여 동결 건조를 한 뒤…… 이게 뭐야?"

"보면 몰라?"

"찬장 하나에 영양제만 들어 있더니 누가 이런 걸 보내는 거야?"

내가 계속 침묵을 지키자 눈살을 찌푸리며 상자 하단에 쓰인 회사의 이름을 읽었다. 다 똑같은 회사 아니냐? 하길래 여기 영양제가 좋아서 시켜 먹는 거라고 둘러댔다.

찬장을 열어 새로 온 영양제를 넣을 자리를 찾았다. 다이어트 보조제 셰이크와 보이차 패키지, 화이트닝 마스크팩, 콜라겐 앰플 쿠션, 흑마늘즙, 추어블 칼슘 같은 것으로 찬장이 가득 차 빈 자리가 없었다. 대호가 열정적으로 빠져들었던 회사의 물건들을 그대로 둔 것은 대호에게 미련이 남아서가 아니라 누군가를 사랑했던 순간의 나에 대한 기억이 필요할 거라 생각했기 때문이었다. 영양제로 기운이 없어진 몸에 양분을 더하듯 루프를 키우다가 소모된 감정의 끝에는 마음을 다독일 무언가가 있어야만 할 것 같았고, 영양제를 버리려고 전부 뺐다가 다시 집어넣었던 망설임 또한 아이를 키우려면 있어야만 하는 감정일 것 같았다. 영양제를 더 넣을 자리가 없어 프라이팬이 들어 있는 찬장에 영양제를 집어넣자 엄마가 고개를 절레절레 흔들었다. 나는 못 본 척 빨리 나갔다 오자고 엄마를 재촉했다.

엄마가 마실 커피를 사서 들어오는 길에 놀이터 앞을 지났다. 한 무리의 아이들이 재활용 센터의 버려진 테이블 주위에 모여 있었다. 아이들의 머리 위로 커다란 풍선이 바람에 따라 흔들렸다. 짐볼만큼이나 커다랗고 투명한 헬륨 풍선 안에 비비드한 색깔의 이너 풍선이 보석처럼 들어 있었다. 풍선 겉면에는 'Happy Birthday 너의 모든 순간을 응원해~'라는 글자가 쓰여 있었다. 이름 자리가 비어 있는 그 풍선 앞에서 사진을 찍는 아이가 있는가 하면, 테이블 아래에 들어가 놀고 있는 아이도 있었다.

아이들이 풍선을 떠나지 못하고 그 주변을 맴돌며 노는 모습에 왠지 웃음이 나왔다. 여기 있는 이 아이들처럼 공중에 떠 있는 풍선 하나만으로 자기만의 세계를 만들어 상상에 빠져서 노는 루프의 모습이 그려졌다. 이제 곧 루프가 태어날 것이고, 나는 풍선이 날아가 버리지 않게 붙잡고 있듯 아이의 세계를 지키려 동동거릴 것이었다. 사진을 찍는 아이들의 차례가 끝나길 기다렸다가 풍선 옆에 섰다. 뭐 하게? 묻는 엄마를 붙잡고 만삭 사진 찍어야지, 하고 대답했다. 곁에서 지켜보던 한 아이의 엄마가 "찍어줄까요?" 묻자마자 휴대전화를 건넸다. 엄마한테 슬그머니 팔짱을 꼈다. 엄마와 나의 팔이 고리처럼 엮였다. 배 속의 루프가 자기 차례가 온 것을 아는 듯 부드럽게 자세를 잡았다.

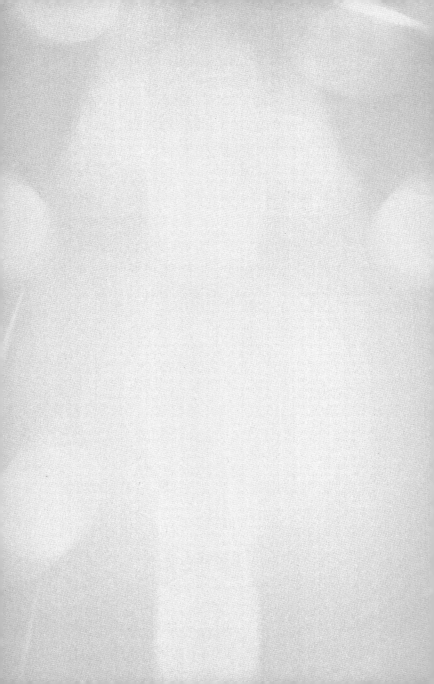

● 손의 안위

손의 안위

『릿터』 2019년 2/3월호

은수는 주머니 속 명함 다발을 만졌다. '대출 신청 후 10분 이내 입금' 문구 아래 은수의 사진과 '친절 상담 이민정'이라는 이름이 찍혀 있는 명함이었다. 한 달 전, 사장은 좀처럼 늘지 않는 은수의 영업 실적을 체크하다가 차라리 길에 나가서 명함을 뿌리라고 했다. 전화로 안 되면 몸으로라도 뛰어야지. 사장이 시킨 대로 신축 빌라촌 골목길에 명함을 돌리고 온 다음 날 최고 실적을 올렸다. 살만 빼면 창구를 맡겨도 되겠어. 많이 빼야겠지만 말이야. 사장이 기분 좋게 웃을 때 은수는 인상을 찌푸리며 고개를 저었다. 은행 직원의 유니폼을 따라 한 우스꽝스러운 옷을 입으라니, 대출 콜센터 영업왕이 되려는 자신을 모욕하는 것만 같았다.

지하철이 압구정역에 멈췄다. 명함을 주머니에서 빼지 못하고 머뭇거리다 타려는 사람과 내리려는 사람 사이에

끼어 하마터면 내리지 못할 뻔했다. 사장이 얼마나 하고 왔
는지 물어보겠지. 명함 쥔 손을 주머니에서 꺼냈다. 명함을
넣었다 뺐다 하는 동안 등은 이미 땀에 축축하게 젖어 있
었다. 계단을 다 오르기 전에 제법 자연스럽게 손의 힘을
풀었다. 명함 더미가 바닥에 부딪히는 소리가 들렸다. 뛰다
시피 코너를 돌아 개찰구 앞에 늘어서 있는 긴 줄 속에 섞
여들었다. 초조하게 주위를 두리번거리다 곧 울 것 같은 얼
굴로 가방을 끌어안고 있는 여자와 눈이 마주쳤다. 아까 그
여자잖아.

지하철에서 바로 은수 앞에 서 있었던 여자였다. 재채기
가 나와 고개를 숙였을 때 날카롭게 찢어져 있는 여자의 가
방을 보았다. 칼로 여러 번 짧게 그은 듯 모양과 방향이 일
정치 않은 틈 사이로 네모난 파우더 팩트의 모서리가 흉하
게 튀어나와 있었다. 고야드 쇼퍼백을 누가? 저 가방 200만
원쯤 하지 않나? 은수는 반사적으로 주위를 살폈다. 각자
휴대전화를 보거나 눈을 감고 있을 뿐 여자 쪽을 신경 쓰
는 사람은 하나도 없는 것 같았다. 말해줘야 하나? 예민하
고 피로해 보이는 여자의 옆얼굴과 가방을 번갈아 보았다.
날 의심하면? 주머니엔 명함을 붙이려고 들고 온 테이프와
커터 칼이 있는데.

황급히 자리를 옮기다 여자의 등을 밀었다. 불쾌한 기색

으로 뒤를 돌아보았던 여자가 친절해 보이는 얼굴을 했다. 마침 여자 앞에 앉은 사람이 내리려고 일어났고 여자는 은수에게 자리를 양보하려는 듯 몸을 틀어주었다. 은수는 입술을 꽉 깨물고 고개를 저었다. 은수를 임신부로 오해했다는 사실을 깨닫고 이에 실수했다는 표정을 지으면서도 여자는 노골적으로 은수의 몸을 훑었다. 지하철이 정차하자마자 사람들 사이를 비집고 나가 다른 칸으로 자리를 옮겼다.

먼저 개찰구를 빠져나간 여자가 머뭇거리다 결심한 듯 말을 걸었다.

"죄송한데, 혹시 이거 누가 그랬는지 못 보셨나요?"

"네, 못 봤어요."

주머니에 있는 커터 칼이 아무래도 신경 쓰였다. 은수는 여자가 또 무언가를 물어볼까 싶어 빠르게 출구 쪽으로 향했다. 여자가 은수를 쫓아왔다.

"도와주시면 사례할게요. 옆에 서 있었던 사람 중에 기억나는 사람 없나요?"

와인색 넥타이를 한 30대 중반쯤의 남자와 이어폰에서 토익 리스닝 문제가 흘러나오던 단발머리 여자. 또 누가 있었더라? 은수는 여자 주변에 서 있던 사람을 떠올리다가 여자의 눈빛을 보고 말을 삼켰다. 주저하며 다가왔던 처음과 달리 누가 그랬는지 알아내겠다는 고집이 얼굴에 서려 있었다. 아주 작은 단서만 내뱉어도 경찰서로 가서 진술해 달라고 할 것 같았다.

"몰라요."

여자가 뒤돌아서는 은수의 팔을 잡았다.

"잠깐만요, 사례한다니까요. 왜 이렇게 피하세요?"

잔뜩 상기된 얼굴로 은수를 몰아붙이는 여자는 가방을 찢은 사람보다 은수에게 더욱 분노하고 있는 것 같았다. 은 수가 황당하다는 표정으로 여자를 노려보자 여자가 경멸에 가까운 시선으로 보풀이 인 모직 코트 아래 드러난 은수의 손을 바라보았다. 발갛게 부풀어 오르고 여기저기 긁힌 상처가 가득한 퉁퉁한 손. 명함을 돌리다가 차의 와이퍼나 좁은 골목길 벽 따위에 다친 상처였다. 손을 감추며 팔을 뿌리치자 여자가 넘어질 듯 비틀거렸다.

"나한테 묻지 말고 CCTV 돌려 봐요. 보안실 전화번호 찾아줘요?"

은수의 기세에 한풀 누그러진 여자가 지갑을 뒤지더니 명함을 내밀었다.

"도와줄 마음 생기면 연락 주세요. 사례는 꼭 할게요."

뉴욕뷰티아카데미 상담실장. 명함을 확인하자마자 대출 명함을 건네고 싶은 충동이 일었다. 잘 가꾼 손톱과 매끄러운 피부, 빛나는 머릿결, 탄탄하고 건강해 보이는 몸매는다 돈으로 이루어지는 거니까. 여자의 명함을 주머니에 넣고 출구로 올라왔다.

왕복 10차선을 사이에 두고 양쪽으로 늘어서 있는 매끈한 건물에는 1:1 PT 전문 피트니스와 뷰티스쿨, 성형외과 등의 간판이 빽빽하게 달려 있었다. 눈앞에 보이는 편의점으로 들어갔다. 샌드위치, 삼각김밥을 종류별로 쌓아 올리고 참치마요비빔면과 불닭볶음면, 삼겹구이 도시락의 포장을 뜯었다. 창밖으로 빠르게 지나가는 사람들을 바라보며 천천히 하나하나 음미했다. 멈춰 서서 놀란 눈으로 은수를 쳐다보는 사람을 같은 시선으로 마주 보았다. 자유롭게 먹고 나자 해방감이 일었다. 손이 각종 소스로 얼룩져 있었다. 여자 손인지 남자 손인지 알 수 없는 그 손이 여느 때보다 안전하게 여겨져 두 손을 눈앞으로 쭉 뻗었다. 주머니에 있는 여자의 명함이 생각났다. 여자의 명함을 구겨 바닥에 버렸다. 그 위로 대출 명함을 뿌렸다.

인간이 인간에게 늑대인 세계에서 우리는

장은영(문학평론가)

인간의 입으로

그리스 남부 아르카디아 지역의 신화나 전설에서 전해지는 리카온 왕은 약탈과 살육을 일삼는 잔인하고 오만한 인간이었다. 그는 신을 시험하고자 신 앞에 인육을 내놓았고, 크게 분노한 신은 그를 늑대로 변하게 만들었다. 말하지 못하는 늑대의 입으로 리카온은 울부짖었다.

세계불평등연구소(World Inequality Lab)에서 발표한 「세계 불평등 보고서 2022」는 코로나 팬데믹이 자산 불평등을 악화시켰고, 그 덕분에 2020년에는 억만장자들의 자산 점유율이 가파르게 증가했다고 밝혔다. 전 세계적 재난이 하위 계층에게는 가난을 심화시키고 돌봄과 생명의 위기를 초래했지만 상위 계층에게는 그 전보다 더 부자가 되는 기회였음이 증명된 것이다. 모두가 예측했던 바이므로, 이 사실 자체가 충격적이진 않지만 불평등이 인간의 본성처럼 정상적이고 자연스러운 상태로 받아들여지고 있다는 점은 우리를 암울하게 한다. 리차드 세넷(Richard Sennett)의 말대로 신자유주의 시대의 불평등은 자기 자신을 포함해서 인간에 대한 존중감을 사라지게 만들고 도덕적인 감정과 연결된 인간성을 파괴하고 있다. 지금의 자본체제가 초래한 불평등 사회는 인간을 누군가의 지배자이거나 피지배자의 자리에 배치하고, 이 안에서 우리는 '너'를 '나'의 포식자이거나 먹잇감으로 여기는 늑대가 된다. 인간이 인간에게 늑대인 세계에서 타인을 거듭 돌아보며 숙고하는 일, 인간을 존중하는 일은 불가능하게만 보인다. 약자의 자리에 내몰린 이들의 위기를 서사화하는 박유경의 소설이 질문한다. 우리의 입은 말하는 인간의 입인가, 서로를 물어뜯는 늑대의 입인가?

박유경의 소설은 직업과 성에 따른 불평등이 묵인되는 사회에서 '가장 낮은 자리'에 위태롭게 서 있는 인물들을 관찰하며 미묘하게 일그러지는 인간성의 변화에 주목한다. 하지만 여기 실린 일곱 편의 이야기들은 불평등이 만연한 비정한 세계에 대한 고발에 그치지 않는다. 박유경은 인간의 입으로 말할 수 있는 것들, 말해야만 하는 것들을 이야기하고자 한다. 고발이 냉정함을 잃지 않는 목격자의 서사라면 박유경의 소설은 뜨거움이 식지 않은 당사자의 서사를 향해 나아간다. 늑대의 세계에서 인간임을 잊지 않기 위해서 절박한 심정으로 누군가의 이야기에 귀를 기울이고 자신의 이야기를 들려주는 뜨거운 입의 서사. 박유경의 소설을 읽다가 종종 마음의 균형이 무너지는 건 바로 이 때문이다.

한 편의 이야기가 타인을 온전히 이해하는 방법은 될 수 없지만 그 불가능성에도 불구하고 그들의 이야기에 귀를 기울이고 또 나의 이야기를 들려주는 것이 우리의 인간성을 지키는 일이라는 믿음이 이 소설집을 읽는 내내 확연했다. 그러나 그 믿음은 읽는 이의 마음을 불편하게도 만들었다. 잠시 책을 내려놓고 생각해 보니—문학과 현실이 거리를 좁혀올 때 환기되는— 불편함의 원인은 이 소설을 읽는 나의 내부에 있다는 생각에 이르렀기 때문이다. 이토록 불평등한 세계에서 열심히 살아가는 일은 어쩌면 입을 다물고 은밀히 자신의 이빨을 벼리는 과정이었는지도 모른다는 의심이 평온하게 책을 펴들었던 마음을 술렁이게 했다.

인간의 일과 짐승의 마음

프레카리아트(Precariat)는 이전의 노동자 계급에 비해 고용 형태가 불안정한 신자유주의 시대의 노동자 집단을 두루 이르는 말이다. 그러나 누가 프레카리아트인가보다 중요한 것은, 유연성이라는 이름 아래 고용과 실업을 오가는 이들이 겪는 감정과 그로 인한 인간성의 변형이다. 가이 스탠딩(Guy Standing)이 지적한 것처럼 불안정한 고용 상태에서 자신의 삶을 계획하지 못하는 이들은 분노, 아노미, 불안, 소외 등의 감정을 경험하게 된다. 그런데 박유경이 서비스와 영업 등 감정노동을 수행하는 비정규직 여성 노동자 '지민'이나 '은수'의 일상을 통해 보여주듯이 이러한 감정은 개인의 내면과 작용하면서 저마다의 상황에 따라 달리 나타나기 때문에 개별적인 삶의 서사를 필요로 한다.

「가장 낮은 자리」의 '지민,' 「손의 안위」의 '은수'가 가진 공통적인 생각은 자신의 일이 제대로 된 일자리가 아니라는 것이다. 그들에게 제대로 된 일자리란 당장이라도 일자리를 잃을 수 있다는 불안에서 벗어나 최소한의 안정감을 가질 수 있는 상태를 의미한다. 고객이나 동료들의 무례함에 대항하여 자신의 인격을 지키고, 고용주의 인신공격과

부당한 요구를 단호하게 거절할 수 있으려면 무엇보다 정규직 노동자가 되어야 한다. 한마디로 제대로 된 일자리를 갖는다는 건 감정적, 경제적 불안에서 벗어나 정상적인 삶의 궤도로 진입하여 한 인간으로서 존중받을 수 있다는 것을 의미한다. 문제는 프레카리아트에게 고용과 실업은 확정적이지 않다는 점이다. 유연한 고용이란 언제든 실업 상태가 될 수 있다는 뜻이고 실업을 예방할 안전장치 역시 부재한다는 것을 의미한다. 유연성을 성장동력으로 삼는 체제에서 고용과 실업은 대립항이 아니라 하나의 선분으로 이어진 서로 다른 끝일뿐이다. 박유경이 주목하고 있듯이 소설 속 등장인물들은 대부분 고용과 실업의 어중간한 상태에서 분노, 아노미, 불안, 소외 등의 감정을 경험한다. 현재 자신의 상황을 받아들이지 않으려는 현실 부정은 미래에도 이 상황에서 벗어나지 못할지도 모른다는 불안을 가중시키며 소외와 분노로 이어지고 히스테리적 증상으로 표출되기도 한다.

이젠 완전히 혼자였고 어떤 생각도 위로가 되지 않았다. 조금씩 깜깜해지던 바깥에 어둠이 순식간에 내려앉았다. 모델하우스와 그 주변을 밝히는 불빛에 바닥의 자갈이 누군가의 눈처럼 번뜩였다. 지민은 번뜩이는 그것을 가만히 노려보다가 가장 뾰족한 돌 하나를 주워 손안에 숨기고 스타렉스 주위를 한 바퀴 빙 도는 자신의 모습을 떠올렸다. 가슴이 두근거렸다. 차창에 지민의 얼굴이 비쳤다. 긴장한 듯 미소 짓고 있는 얼굴을 지민은 홀린 듯 바라보았다.

—「가장 낮은 자리」, 51~52쪽.

(…) 눈앞에 보이는 편의점으로 들어갔다. 샌드위치, 삼각김밥을 종류별로 쌓아 올리고 참치마요비빔면과 불닭볶음면, 삼겹구이 도시락의 포장을 뜯었다. 창밖으로 빠르게 지나가는 사람들을 바라보며 천천히 하나하나 음미했다. 멈춰 서서 놀란 눈으로 은수를 쳐다보는 사람을 같은 시선으로 마주 보았다. 자유롭게 먹고 나자 해방감이 일었다. 손이 각종 소스로 얼룩져 있었다.

—「손의 안위」, 241쪽.

「가장 낮은 자리」에서 동료들의 무례함과 노골적인 성희롱을 피해 혼자 마음을 가라앉히던 '지민'은 마침내 자기 분열을 경험하기에 이른다. 그런데 이 극적인 장면 이전에 이미 '지민'이 감정의 변화와 인간성의 훼손을 겪어 왔다는 점을 간과할 수 없다. 소설에 묘사된 '지민'은 분양 사무소에 찾아온 고객들이 자신을 "낮잡아본다는 걸 알"면서도 고객들의 말을 "묵묵히 들어주는 걸 누구보다 잘"하는 직장인이다. 자신의 "목소리나 말투, 치아를 드러내며 웃는 습관 등을 두고 트집을 잡아 화풀이를 하는" 고객들 앞에서 "고개를 숙이고 자기를 지"우는 방식으로 일을 해결하는 '지민'은 사실 지나치게 유순하다. 심지어 남성 동료들이 드러내는 유치한 자격지심과 치졸한 과시욕도 묵묵히 지켜보지만 그건 '지민'이 가진 본래의 성향이라기보다 '생업'을 바꾸거나 중단할 수 없는 이유에서 지속되는 감정 노동의 결과물이라고 보는 편이 타당하다. 고객들에게 감정적 서비스를 제공해야 하는 '지민'에게 지속적으로 가해진 멸시와 무례는 '지민'으로 하여금 무기력을 내면화하게 만들고, 존중받는 존재임을 포기하게 했을 것이다. '지민'은 다만 실업자가 되지 않기 위해서, 지금보다 좀 더 나은 자리로 옮겨가기 위해서 그것을 받아들일 뿐이다.

「손의 안위」에 등장하는 '대출 콜센터' 직원 '은수'도 '지민'과 마찬가지로 자신이 제대로 된 일자리를 가졌다고 생각하지 않는다. '은수'는 대출 고객을 유치하기 위해 시내를 배회하며 명함을 뿌리고 다닌다. 영업 실적도 외모도 빼어나지 않은 '은수'의 위축된 감정은 지하철에서 소매치기 사건을 목격한 후 피해의식과 불안의 형태로 표출된다. 가방에 소지한 물건과 흉터 많은 손 때문에 지하철 소매치기

범으로 몰릴 수도 있다는 긴장과 불안 속에서도 대출 명함을 주고 싶은 충동을 느끼는 '은수'의 복합적인 감정은 개인의 심리에만 그 출처를 두고 있지는 않다. '은수'가 느끼는 피해의식과 불안은 계층적 위화감과 연루되어 있다. 극단적 무기력과 분노를 느끼며 분열되는 '지민'이나 피해의식과 불안을 폭발적인 식욕으로 무마하는 '은수'가 그렇듯이 불안정한 고용 상태의 노동자가 겪는 감정적 문제는 직업적 정체성과 연루되어 있다는 점에서 사회적이고 구조적으로 해석되어야 한다. 비정규 계약직이라는 지위가 노동자 기본권만이 아니라 인간으로서의 존중감을 박탈하고 있는 것은 아닌지, 무차별적 감정 노동을 요구하며 무기력, 패배, 좌절, 분노 등이 뒤엉킨 정동을 방치하고 있는 것은 아닌지는 사회적 차원에서 의제화되어야 한다.

인간성의 변형과 파괴가 '일'과 관련되어 있음을 상징적으로 보여주는 작품은 「검은 일」이다. '검은 일'이라는 상징적 제목은 불법적이고 위험한 일을 환기하지만 '시훈'이 겪게 되는 사건을 따라가다 보면 인간을 위한 일이 인간을 지배하고 통제하는 수단이 되어 인간성마저 파괴하는 상황에 직면하게 된다. 코인으로 생긴 손실을 만회하기 위해 '시훈'은 '김 부장'을 찾아가 야간조 일을 청하고, 건설 현장에 쌓인 회백색 가루를 페이로더로 덤프트럭에 싣는 일을 맡는다. "아무렇게나 소리 지르고 화를 내고 어떻게든 약점을 잡아 자기 아래에 두려고" 드는 현장 사람들에게는 "모든 인류와 인종을 사랑하는 마음 따위는" 없다는 걸 다시 한번 확인한 '시훈'은 현장에서 작업을 방해하는 또 다른 존재들을 마주치게 된다. "머리가 작고 입이 뾰족"한 모양이 "들개보단 고라니와 닮아 보"이는 그것들은 마치 가루를 지키려는 듯 페이로더를 둘러싸며 '시훈'을 위협한다. 작업을 진행하기 위해 그것들을 몇 마리 짓밟은 '시훈'은 함께 일하던 덤프트럭 기사와의 갈등으로 죽음의 위기에 처하게 되고 그것들과 함께 쓰레기 더미에 버려진다.

걸쇠에서 손이 미끄러지며 짐칸이 완전히 기울어졌다. 모서리를 잡고 버텼지만 소용없었다. 가루에 휩쓸려 굴러떨어졌다. 시훈 위로 가루가 쏟아져 내렸다. 시훈은 가루 사이에서 필사적으로 기어 나왔다. 기고, 구르고, 또 기었다. 그것들이 계속 짖었고, 똑같은 찬송가가 되풀이되었다.

온몸에 가루가 들이닥쳤다. 가루 속에서 허우적거리는 동안 엔진음과 찬송가가 멀어졌다. 노인은 시훈이 짐칸에 탄 것을 몰랐을까? 시훈은 어쩐지 노인에게 유기된 것 같은 기분이 들었다. 돈을 받고 처리하는 유해한 가루 더미처럼, 흰쥐의 사체와 무르고 터져 폐기되는 참외처럼 더 고약해지기 전에 보이지 않는 곳으로 치워져 버린 것 같았다.

—「검은 일」, 111∼112쪽.

 정체를 알 수 없는 유해한 가루와 그 가루를 서식지 삼아 살아가는 기형화된 짐승들. 그것들과 함께 버려진 '시훈'은 다행히 살아남지만 자기 역시 유해한 존재이거나 흉측하게 부패해서 회복 불가능한 존재와 같다는 쓸쓸함을 떨치지 못한다. 가루를 뒤집어쓴 '시훈'의 모습과 가루에 중독되어 본래 개였는지 고라니였는지 알 수 없게 변해버린 짐승의 이미지가 묘하게 겹쳐 보이는 까닭은 코인에 중독된 '시훈' 역시 회복할 수 없이 훼손된 상태이기 때문일 것이다. 남을 웃기는 사람이 되고 싶었지만 제대로 된 직업을 가지지 못한 '시훈'이 더는 시시하게 살지 않으려고 시작한 것이 코인이지만, 이제 코인은 '시훈'의 의지를 통제하는 힘이 되고 말았다. 아버지가 기다리는 집으로 돌아갈 것인지, 다시 야간조 일을 구하러 '김 부장'을 찾아갈 것인지 선택지는 열려 있다 하더라도 '검은 일'에서 벗어나고 싶은 간절함이 '시훈'으로 하여금 '검은 일'을 선택하게 하리란 예감을 지우기는 어렵다. 덤프트럭 기사로부터 자신이 살아남으려면 상대방을 버려야 한다는 늑대의 생존 법칙을 배운 '시훈'은 지금보다 더 능숙하게 '검은 일'에 매달리면서 가루에 중독된 짐승들을 닮아갈지도 모른다.

'시훈'의 선택은 비단 일확천금의 욕망에 빠진 사람들만의 얘기가 아니다. 남들이 가지지 못한 것을 가짐으로써 "대단한 걸 가지게 된 느낌"(「변신을 기다려」)에 빠져드는 건 아이들도 마찬가지다. 박유경은 상대적인 우위에 대한 욕망, 남들이 자신을 우러러보게 만들고 싶은 욕망이 인간의 본성이라거나 보편적 성향이라고 해석하는 태도를 거부하며 코인과 포켓몬 카드를 매개로 욕망의 구조적 재생산 방식을 재현한다. 「변신을 기다려」에서는 어른들이 자신의 현실로부터 벗어나기 위해 가상의 화폐를 욕망하듯이 아이들도 다른 아이보다 레벨이 높은 카드를 차지하기 위해 분투하는 세계가 펼쳐진다. 소유한 물건이 인간의 지위를 결정하도록 구조화된 세계에서 아이들이 놀이를 통해 불평등을 배우며 경쟁심을 내면화하는 이야기는 사실 섬뜩하기까지 하다. 남보다 높은 지위를 차지하는 것이 생존의 법칙이 된 세계에서 더 높은 곳으로 가기 위해 "변신을 기다리"는 어른들의 은밀한 비밀이 아이들의 모습에 투영되어 있기 때문이다.

너를 맞이하는 무수한 이야기들

불안정한 노동자의 현실과 교차하는 불평등의 또 다른 기제는 성적 위계이다. 「세계 불평등 보고서 2022」에 따르면 2020년 우리나라 전체 노동소득에서 여성 노동자의 소득은 32.4%로 집계되었다. 노동소득이 직업과 연관되어 있다는 점을 고려할 때, 남성에 비해 더 많은 여성이 불안정한 노동자 계층에 속해 있으며 더 많은 불평등에 처해 있다는 걸 말해주는 통계이다. 다시 말해 「가장 낮은 자리」의 '지민' 앞에서 성적 농담을 주고받는 남성 동료들이나 「손의 안위」에서 '은수'의 외모와 몸매를 지적하는 남성 상사의 언행은 개인적인 교양이나 젠더 감수성의 부족으로만 해석할 수 없다는 얘기이다.

박유경이 지금의 노동 현실을 들여다보면서 짚어내는 것은 노동의 유연성이 낳은 경제적 양극화보다 더 오래된 불평등의 기원으로서의 성적 위계와 성차별이다. 노동의 차별과 교차하는 성차별은 불평등을 신체적 영역으로 환원시키며 사회적 불평등을 합리화하는 강력한 통념으로 작동한다. 하지만 주로 개인의 내밀한 영역과 사적 관계에서 나타나기 때문에 계급이나 계층적 문제로 일반화되기 어렵다는 난관에 처해 있다. 그런 점에서 이 책에 실린 이야기들이 교차적인 차별에 처한 현실을 총체적으로 서사화하는 방식 대신 사랑이라는 이름의 불평등을 거부하며 새로운 관계의 형식과 돌봄에 관한 화두로 나아간 것은 소설이 취할 수 있는 더 나은 방법이라 할 수 있을 것이다.

「여분의 사랑」에서 '우주'와의 관계를 정리하는 '다희'나 「루프」에서 비혼모가 되기로 한 '지수'는 연애와 결혼이라는 규범에서 벗어나 또 다른 관계의 형식을 모색하는 여성들이다. 박유경은 가족이라는 관념에 얽매이지 않는 이 여성들의 결단과 선택을 통해 우리에게 필요한 관계의 형식을 묻는다. 아직 태어나지 않은 존재를 빌려 전하는 작가의 메시지를 헤아려보면 불평등이 일상화된 세계에서 우리에게 필요한 건 서로를 돌보고 배려함으로써 세계와 연결되어 있다는 믿음을 주는 삶의 연결망이 아닐까.

우주와 공명하는 우리는 언제나 충만합니다. 우리는 매 순간 우주의 모든 존재를 느끼고 연대합니다. 우리의 춤은 늘 새롭고 그 자체만으로 아름답습니다. 우리가 몸에 절반쯤 갇힌 상태에서 양수를 들이마시는 것은 숨을 쉬기 위한 연습이 아니라 우리는 여전히 에너지임을 항변하기 위함입니다. 양수와 탯줄에서 분리된 몸의 단절로 한때 우리였던 에너지는 우주와 동떨어진 존재, 단독자가 되고 맙니다. 고독과 외로움은 인간만이 느끼는 고통입니다. 몸이 단절되기 전에 몸에서 해방된 상태로 나아가야만 합니다.

—「루프」, 168~169쪽.

　아직 세상에 태어나지 않은 익명의 발화자는, 우리 모두가 세상에 태어나 인간의 삶을 배우기 전에 "우주의 모든 존재를 느끼고 연대"하는 생명체였음을 일깨운다. 엄마의 몸과 단절된 고독하고 외로운 인간이 되기 전에 "몸에서 해방된 상태로 나아가야만" 한다는 바람은 죽음 충동을 환기하지만, 그것이 삶의 충동과 상호적인 힘이라는 것을 고려하면, "몸에서 해방된 상태"란 서로가 연결되어 있는 삶의 연결망 안에서 생명의 취약함이라는 근본적 한계를 극복할 수 있다는 가능성을 의미한다. 즉 몸에서의 해방이란 몸을 가진 인간의 유한성을 인정하고 받아들이는 데서 시작하는 상호적인 돌봄 관계에 이르는 것을 말한다.

　「루프」에 등장하는 산부인과 의사인 '현 원장'이 그러하듯이 사회적 시선은 결혼하지 않은 여성을 "'미혼 여성의 임신을 위한 몸'이라는 입장"에서 바라보며, '지수'의 엄마가 우려하듯이 아이의 양육을 위해서는 결혼 가정이 비혼 가정보다 더 정상적인 장소라고 생각한다. 여성의 몸은 결혼과 출산과 양육이라는 숙명이 각인된 몸일 때 정상성을 인정받는 것이다. 그러나 이러한 정상성을 떠받치는 관습과 이데올로기는 모성에 대한 신화를 내세워 돌봄을 가족에게 떠맡기고 성별화된 노동으로 간주해 왔다. 그 결과 돌봄은 사회적으로 지지받는 상호적인 관계가 아니라 여성 가족 개인의 노동이 되었다. "엄마를 비난하거나 원망하면 엄마는 다 너를 키우기 위해서였다는 논리로 무장"하는 '지수' 엄마의 태도는 여성 가족에게 맡겨진 돌봄이 일방적 희생과 의무화된 노동으로 전락했음을 폭로하고 있다.

하지만 이 소설은 '지수'의 엄마와 엄마의 애인이었던 '아저씨'의 부인이 만나 "그 시절을 그대로 인정"하는 모습을 삽입함으로써 과거에 대한 응징과 처벌보다는 앞으로 남은 삶의 방향과 가능성에 방점을 두자고 제안한다. '지수'의 엄마나 '아저씨'의 아내로서의 만남은 서로에 대한 불편함과 원망을 떨치기 어렵지만, 개인으로서 '김진순'과 '지영자'의 만남은 결혼이라는 제도가 여성에게 전가한 몫에 대한 공감과 서로에 대한 연민마저 공유하게 한다. 연대의 지점을 찾은 두 여성은 '지수'가 만들어갈 새로운 형태의 가족과 돌봄의 문제를 화제로 삼으며 아이에게 필요한 것은 돌봄을 공유하는 공동체라는 결론에 도달한다.

돌봄이라는 화두와 더불어 우리 앞에 던져진 또 하나의 주제는 사랑의 윤리다. 연인이나 부부라는 사적이고 내밀한 관계는 사랑과 폭력의 경계가 모호할 뿐만 아니라 쉽게 객관성을 잃게 되는 관계이기도 하다. 「여분의 사랑」에서 '다희'는 점점 폭력적이고 일방적으로 변해가는 남자친구 '우주'와의 이별을 결심하면서도 단호하게 '우주'를 정리하지 못하고 그가 제안하는 여행에 동참한다. 펜션에서 '우주'의 폭력적인 모습을 다시금 확인한 '다희'는 위험에 처했던 강아지를 구조해서 펜션을 빠져나오는데, 이때 '다희'의 마음을 다시 새겨볼 필요가 있다. "강아지가 우는 게 마음이 아팠고 마음이 아파서 다행이라고" 중얼거리는 '다희'는 자신이 완전히 메마르지 않았음에 안심한다. "메마른 사람이 사랑한다는 사람에게 주는 건 날카롭게 벼려진 가시로 찌르는 상처뿐"이라는 사실을 떠올리는 '다희'가 '우주'를 떠나는 이유는 사랑이라는 이름으로 반복되는 상처 때문에 자신을 잃어가는 것보다 그 악순환을 멈추는 것이 더 나은 일이기 때문이다. 서로에 대한 헌신과 인내를 요구하는 구속적인 연애를 멈추는 '다희'의 선택은 상처를 견디는 것이 아니라 상처받지 않기 위해 스스로를 지키는 것이 더 중요하다는 걸 보여준다. 그것은 사랑이라는 이름의 불평등과 결별하기 위한 실천이기도 하다. 의도적이건 그렇지 않건 폭력은 사랑의 형태가 아니다. 사랑의 윤리는 서로를 보살피며 더 나은 존재로 만들기 위한 상호적인 관계에서 실현된다는 걸 '다희'는 알고 있는 듯하다.

박유경은 소설이라는 형식으로 고용과 실업 사이를 오가는 불안한 노동과 일상 속에서 마음이 무너지고 인간성이 파괴되는 순간을 서사화하는 한편 인간성을 회복하기 위한 관계로서 서로를 돌보는 사랑의 윤리가 무엇인가를 탐색한다. 그리고 마침내 「떠오르는 빛으로」를 통해 서로에게 빛으로 기억되는 인간의 신뢰와 사랑의 장면을 아름답고 극진하게 형상화한다.

"(…) 지구에 사는 지구인이 오로지 달의 앞면밖에 볼 수 없는 것처럼 개개인이 받은 상처는 고유해서 누구도 그 상처의 깊이를 이해할 수 없습니다. 마이클 콜린스가 말한 달의 뒷면은 마이클 콜린스 외에 누구도 본 적 없어요. 같은 시간, 같은 장소에서 같은 것을 마주해도 사람들은 모두 다른 것을 보니까요. 불가능을 가능으로 만드는 유일한 방법은 무엇을 보았는지 말하는 것에서 시작된다는 생각을 하게 되었습니다. 오직 말만이 그 일을 할 수 있지요. 이책을 제게 보낸 사람은 그걸 아는 분이었던 것 같습니다. 그 부분을 읽어보라고 표시를 해두었으니까요. 이해의 가능성은 우연에서 생기는 것 같습니다. 인간의 의지는 우연을 뛰어넘을 만큼 대단하지 않아요. 거듭해 읽다 보니 다시 이야기를 써야겠다는 마음이 들었어요."

—「떠오르는 빛으로」, 26~27쪽.

　소설 속 '희우 작가'의 말처럼 당연하게도 "같은 시간, 같은 장소에서 같은 것을 마주해도 사람들은 모두 다른 것을 보"는 존재이므로 타인을 온전히 이해하는 건 불가능한 일이다. 이 소설에서 상실감을 떨쳐내지 못한 '가현'의 마음을 친구인 '시현'이 온전히 이해하지 못한 것처럼 말이다. 하지만 박유경은 타인에 대한 이해 불가능성을 그대로 남겨둔 채 침묵하기보다는 서로를 온전히 이해할 수 없다고 하더라도 서로를 향해 "말하는 것," 이야기를 들려주는 시도가 필요하다고 말한다. 삶을 마감하기 직전에 극적으로 만남이 이루어지는 이 소설의 마지막 장면은 우연에 기대고 있지만, '시현'이 '가현'을 만나기 위해 애써왔던 시간이나 '가현'을 붙잡기 위해 끊임없이 이야기를 들려주는 장면을 돌이켜보면 우연이란 끊임없는 시도와 노력 속에서 일어나는 희망의 다른 이름이라는 것이 충분히 짐작된다.

　이 세계의 불평등은 우리의 침묵 속에서 더 악화될 것이고, 훼손된 인간성은 저절로 회복되지 않을 것이다. 희망 역시 우연히 일어나지 않으므로 우리는 질문해야 한다. 인간을 존중하는 인간으로 남기 위해 무엇을 할 것인가를.

서로를 향해 말을 건네고 "서로의 얘기에 귀를 기울"이며 "깊이 서로의 속을 들여다보며 얘기를" 나누는 것은 우리가 말하는 입을 가진 인간이라는 증거다. 완전한 이해에 도달하지는 못할 테지만, 오해를 거듭하면서도 우리는 인간이기 때문에 이야기한다. 타인을 물어뜯는 입이 아니라 말하는 입을 가진 인간이기 때문에 서로를 향한 이야기를 멈추지 않을 것이다. 이 세계에 막 도착한 인간인 아기를 향해 무한한 이야기를 쏟아내듯이.

떠오르는 빛으로

처음 이야기를 구상했을 때 제목은 「다정한 가능성」이었다. '가현'의 이름은 '다정'이었다. 다정이로 한 단락을 쓰다 보니 다정한 것에 집착하고 있다는 생각이 들었다. 이름에 '현'자가 들어가는 친구가 많고, 그 친구들을 모두 제각각의 이유로 좋아해 '밝을 현'이 들어가는 이름으로 고쳤다. 33쪽과 34쪽에 나온 희우 작가의 질문은 언젠가 자살 관련 책에서 보고 메모해 놓은 '자살 예방 전화 응대 매뉴얼'에서 가져왔다.

이 소설을 쓰면서 상실에 대한 고통은 고유해 타인이 이해할 수 없는데, 어떻게 다정해질 수 있을까를 고민했다. 2022년 10월 29일을 겪고 나자 마음이 참혹해져 어디에서

든 다정한 것을 찾고 싶었다. 소설에 대한 아이디어를 적는 노트에는 『아픈 몸을 살다』(아서 프랭크 저, 봄날의책, 2017년)의 문장을 옮겨 적어놓았다.

'누군가가 우리 고통을 인정한다는 사실을 알 때 우리는 고통을 보낼 수 있다. 고통을 알아봐주면 고통은 줄어든다. 이 힘은 설명될 수 없지만 인간의 본성 같다.'

20대에 김연수 작가님이 영화감독과 대화를 나누는 GV에 참석한 적이 있었다. GV 당일 빈자리가 생겨 연락을 받은 것이었고, 퇴근하고 가느라 책을 준비할 수 없었다. 당시 가방에 들어 있던 다른 책에 사인을 받았는데, 어느 날 문득 사인 받은 책을 찾다가 몇 차례 이사하는 동안 사라졌다는 것을 알게 됐다. 그 책이 돌고 돌아 다시 내게 온다면 사인 받은 페이지를 펼쳐놓고 절할 수도 있을 것 같다. 어쨌든 10여 년 전의 일로 이야기의 소재를 주셨으니, 나는 김연수 작가님과 작가님이 쓴 소설을 계속 좋아하지 않을 수 없다.

가장 낮은 자리

「가장 낮은 자리」는 2017년에 썼다. 그동안 집값은 크게 올랐다가 소설을 쓸 무렵처럼 다시 떨어졌다. 배경을 고치지 않아도 지금의 현실과 동떨어져 보이지 않아서 다행이지만, 코로나 팬데믹을 겪으며 '가장 낮은 자리'마저도 되돌아온 것 같아 쓸쓸했다.

여분의 사랑

여주에 있는 에어비앤비에 간 적이 있다. 소설 속 묘사처럼 논이 내려다보이는 산 중턱에 마당 딸린 주택 10여 채가 모여 있는 곳이었다. 그곳에서는 커다란 리트리버 두 마리를 키웠는데, 우리가 묵는 동안 집 안에 갇혀 밖으로 나오지 못했다. 주인은 리트리버의 집에 먹이를 주지 말라고 써놓았다. 가까이 다가가 부르자 리트리버는 경계하며 숨었다. 개는 인간과 가장 친한 동물인데, 왜 인간을 두려워하며 공격하는 개들이 있는 걸까.

소설 속 우주와 다희에 대해서도 말하고 싶다. 되돌아보면 서늘하고 나쁜 관계였을지라도 관계의 끝에 어떤 사랑이든 남아 있길 바라는 마음은 언제나 귀하다.

검은 일

데뷔하고 나서 처음으로 쓴 소설이다. 초고에서 시훈은 개그맨 지망생이었고, 중요한 개그 오디션을 앞두고 있었다. 노인이 어디론가 간 사이에 시훈이 덤프트럭을 몰았다가 덤프와 함께 구덩이에 빠지고 만다. 정체 모를 짐승들이 덤프 주변을 맴도는 것으로 결말을 맺었었다. 두 번째인가 세 번째로 고쳤을 때에는 '시훈'을 여자로 만들어 페이로더를 몰게 했다. 소설집에 실린 「검은 일」은 2022년 여름에 고친 버전으로, 코인에 빠진 청년이라는 배경을 쓰고 나자 딱 맞는 캐릭터를 찾은 것 같아 즐거웠다. 거듭된 실패에도 나쁜 짓을 할 수 없는 인물이라 시훈이 좋았다.

변신을 기다려

신이 사라진 지금의 세상에서 공정, 희망, 사랑, 타고난 장점과 강점이 가지는 힘을 진지하게 말할 수 있는 곳은 어디일까? 「변신을 기다려」를 쓰며 포켓몬을 109마리 잡았다.

루프

둘째 아이를 가지면서 한동안 글을 쓰지 못했다. 임신 초기부터 자궁에 피고임이 있어 조심하라는 말을 들었고 책상에 앉으면 배가 뭉쳐 도무지 작업을 할 수 없었다. 둘째를 낳고 글을 쓰고 싶은 마음에 종종 노트북을 펼쳤지만 둘째가 울거나 첫째가 나를 찾아 언제나 빈 문서인 채로 전원을 꺼야 했다. 유모차에 노트북을 실어 카페로 갔다가 작은 기척에도 깨버리는 둘째를 괜히 원망하기도 했다. 둘째가 돌이 지나고 나자 조금씩 혼자 있을 수 있는 시간이 생겼는데, 그때 「루프」를 썼다. 임신과 출산을 막 겪은 뒤라 그동안 불합리하다고 느꼈던 것을 얘기했다. 임신과 출산에 대해선 어떤 환상도 함부로 강요하지 않았으면 좋겠다. '자연주의,' '자연분만,' '모유수유' 등은 어떤 면에선 만들어진 모성애 신화에 불과하다. 첫째를 낳을 때 자연분만이 여자 몸에는 물론 아이에게도 가장 좋은 출산 방법이라고 생각했고, 피치 못하게 응급 수술을 하고 난 뒤 아이를 자연분만으로 낳지 못했다는 실패감에 사로잡혀 많이 울었다. 오랜 진통과 수술로 몸이 많이 아팠는데, 마음까지 스스로 괴롭혔다. 어떤 방법으로 아이를 낳든 그저 무사히 낳기만 하면 되는 일이다. 만약 시간을 그때로 되돌릴 수 있다면 아이를 무사히 만났다는 출산의 기쁨을 마음껏 누리고 싶다.

손의 안위

청탁받은 키워드는 '출퇴근길'이었다. 2019년 1월 메모장에 써놓았던 것을 찾아 옮겨본다. 머리에 떠오르는 것을 급히 쓰느라 잘못 찍힌 영어까지 그대로 옮겼다.

"출구를 올라오자마자 손에 쥐여지는 홍보용 전단지를 모두 받아들었다. 헬스장, 도시락배달, 마사지. 빌딩들을 둘러봤다. 빠르게 움직이는 사람들, 왕복 10차선 도로에 느릿느릿 움직이는 차들에 시선을 옮겼다. 커다란 뱀 하나가 도로를 가로지르고 있었다. 다리도 손도 없이 배를 대고 움직이는 뱀은 미끈하고 아름다웠다. 끈적끈적한 네일 접착제가 만져졌다. 초라하고 퉁퉁한 손에 구겨진 명함이 쥐어져 있었다. Nnnnx! qW"

소설집을 엮으며 되돌아보니 글을 쓸 수 없을 땐 쓰지 못해 고통스러웠고, 쓰고 있을 땐 잘 쓰지 못해 괴로웠다. 30대 초중반엔 날카로운 단면이 있는 찌르는 듯 불편한 소설을 쓰고 싶었는데 이젠 누군가의 마음을 붙잡을 수 있는 소설을 쓰고 싶다. 두 아이를 낳아 기르며 서로가 연결되어 있는 생명의 존재성에 대해 더 많이 생각하게 되었다.

소설집을 내는 데 큰 도움을 주신 임경섭 편집장님과 한나래 편집자님 및 다산북스 관계자 분들께 감사드린다. 엄마가 쓰는 책 제목이 뭐냐고 관심을 갖기 시작하는 첫째 정원과 뽀뽀를 아끼지 않는 둘째 재원은 내게 너무나도 큰 사랑을 준다. 두 아이 덕에 내 삶은 더욱 풍요로워졌고, 매일이 새롭다. 해외 파견 간 남편 없이 아이들을 혼자 돌보겠다고 덤볐다가 몸무게가 10킬로그램이 넘게 빠졌다. 두 어머니가 아이들은 물론 나까지 돌봐주신 덕에 살이 올랐다. 베풀어주신 큰마음 잊지 않고 표현하려고 애쓰겠다. 어떤 글을 쓰든 좋은 점을 찾아주는 도연이 있어 계속 쓸 힘을 얻는다. 도연이 바라는 대로 지금보다 더 나아가길 약속한다.

2023년 1월,
박유경

여분의 사랑

초판 1쇄 인쇄 2023년 1월 18일
초판 1쇄 발행 2023년 1월 30일

지은이 박유경
펴낸이 김선식

경영총괄 김은영
콘텐츠사업2본부장 박현미
책임편집 한나래 **책임마케터** 문서희
콘텐츠사업6팀장 임경섭 **콘텐츠사업6팀** 한나래, 정다움, 임고운
편집관리팀 조세현, 백설희 **저작권팀** 한승빈, 김재원, 이슬
마케팅본부장 권장규 **마케팅4팀** 박태준, 문서희
미디어홍보본부장 정명찬 **디자인파트** 김은지, 이소영 **유튜브파트** 송현석
브랜드관리팀 안지혜, 오수미 **뉴미디어팀** 김민정, 홍수경, 서가을
크리에이티브팀 임유나, 박지수, 김화정
재무관리팀 하미선, 윤이경, 김재경, 안혜선, 안보람 **인사총무팀** 강미숙, 김혜진, 지석배
제작관리팀 박상민, 최완규, 이지우, 김소영, 김진경, 양지환
물류관리팀 김형기, 김선진, 한유현, 전태환, 전태연, 양문현, 최창우
외부스태프 디자인 송윤형

펴낸곳 다산북스 **출판등록** 2005년 12월 23일 제313-2005-00277호
주소 경기도 파주시 회동길 490
전화 02-704-1724 **팩스** 02-703-2219 **이메일** dasanbooks@dasanbooks.com
홈페이지 www.dasanbooks.com **블로그** blog.naver.com/dasan_books
용지 신승지류 **인쇄·제본** 한영문화사 **코팅 및 후가공** 평창피앤지

ISBN 979-11-306-9693-5 (03810)

• 이 도서는 2021년도 한국문화예술위원회 아르코문학창작기금지원사업에 선정되어
  발간되었습니다.